Elisa Lark

Zur Maiandacht kommt auch der Tod

Provinzkrimi

Personen und Handlungen sind frei erfunden. Jede Ähnlichkeit mit echten Personen, lebend oder tot, sind rein zufällig und nicht beabsichtigt.

Kurzbeschreibung

Als Karl mit Rosi zur Mainandacht bei der Kapelle in Niederhaibach muss, hält sich seine Freude in Grenzen. Dann dort jedoch eine Leiche mit eingeschlagenem Schädel vorzufinden, weckt natürlich den Ermittlerdrang in Karl. Sofort informiert er seine Kollegen und macht sich an die Arbeit. Das Opfer war ein ortsansässiger Immobilienmakler, der für seine miesen Geschäfte bekannt war. Doch wen hat er so sehr verärgert, dass dieser ihm einen Grenzstein über den Schädel gezogen hat?

1. Kapitel

14. Mai, nachmittags halb zwei in Niederhaibach

„Karl!“, ruft meine Frau lautstark durchs ganze Haus.

Ich befinde mich gerade im Wohnzimmer und liege auf dem Sofa. So ein kleines Mittagsschläfchen ist schon was Feines. Zumindest wenn es einem zugestanden wird. Meine Frau hat den Vormittag in der Küche verbracht, weil heute Nachmittag unser Sohn mit seiner Familie zum Kaffeetrinken vorbeikommt.

Glücklicherweise liebt meine Enkelin Erdbeerkuchen. Da meine Frau der Kleinen keinen Wunsch abschlagen kann, hat sie den geliebten Kuchen heute Vormittag schon gebacken. Gerade habe ich noch den Mixer gehört, mit dem Rosi die Sahne geschlagen hat. Das ist wirklich eine Seltenheit, dass es in unserem Hause noch Schlagsahne gibt. Mit etwas Glück bekomme ich einen kleinen Löffel davon ab.

Ich hieve mich vom Sofa und mache mich auf den Weg in die Küche. Meine Frau hat bestimmt einen Arbeitsauftrag für mich.

„Kannst du bitte mal die Terrassenpolster aus dem Keller holen?“, fragt Rosi, als ich bei ihr ankomme.

„Es ist so schönes Wetter, da können wir draußen Kaffeetrinken.“

Ich sollte wohl wissen, wo genau im Keller sich die Terrassenpolster befinden, denn ich habe diese im Herbst dort auch verstaut. Allerdings bin ich nicht sicher, dass Rosi diese mittlerweile nicht längst wieder umgeräumt hat. Immerhin ist es sehr selten der Fall, dass ihr auf Anhieb passt, was ich mache.

Bevor ich sie aber jetzt frage und dafür wieder ein genervtes Augenrollen kassiere, suche ich die Auflagen ohne sie vorher zu fragen. Selbst wenn ich dafür den ganzen Keller auf den Kopf stellen muss.

„Ich gehe sie holen“, sage ich daher zu meiner Frau und steige die Treppe nach unten.

Als ich im Keller ankomme, versuche ich mich daran zu erinnern, wo ich die Dinger letztes Jahr hingelegt habe. Vermutlich hätte ich mir das merken sollen, aber wie so oft, entfällt mir das ein oder andere. Vielleicht sollte ich mal in der Apotheke nach einem Mittel gegen Gedächtnislücken fragen. Auch wenn ich es mir nicht gerne eingestehe, aber langsam kennt man einfach das Alter.

Ich suche zuerst im Heizraum, denn dort bewahren wir manchmal Gartensachen auf. Leider werde ich da nicht fündig und ziehe daher weiter in den nächsten Kellerraum. Es ist wirklich erstaunlich, wie viel Zeug sich nach so vielen Jahren ansammelt. Vermutlich wäre es mal an der Zeit einen Container zu bestellen und so richtig auszumisten, aber weder meine Frau, noch ich können uns leicht von alten Sachen trennen, mit denen immer auch ein Stück Erinnerung verbunden ist.

Endlich sehe ich sie an der hinteren Wand lehnen. Natürlich hat meine Frau sie in die Plastikhülle verpackt, in der wir sie gekauft haben. Ich könnte mich definitiv daran erinnern, wenn ich das getan hätte. Außerdem käme ich nie auf die Idee Polsterauflagen zu verpacken, wenn sie sowieso im Inneren des Hauses aufbewahrt werden. Wenn es nach mir ginge, blieben die einfach das ganze Jahr auf den Terrassenmöbeln liegen.

Aber ich kann mich ja schon glücklich schätzen, dass ich nicht auch noch die Möbel im Herbst in den Keller schleppen muss. Das bleibt mir auch nur erspart, weil meine Frau weiß, dass dies nicht gut für meinen Rücken wäre. Daher deckt Rosi die Möbel über den Winter auch immer mit einer Plane ab, damit diese vor der Witterung geschützt sind.

Ich hoffe mal, dass meine Frau diese schon entfernt hat und mit etwas Glück hat sie die Möbel auch schon gereinigt. Für gewöhnlich macht sie Putzarbeiten selbst, weil ich es ihr sowieso nicht sauber genug mache.

Vor ein paar Jahren habe ich es mal gut gemeint. Während meine Frau beim Einkaufen war, habe ich die Möbel auf der Terrasse mit dem Hochdruckreiniger abgewaschen. Dabei säuberte ich auch gleich die Terrassenfliesen und erwartete, dass Rosi mich dafür loben würde.

Leider sah sie das ein bisschen anders, denn sie hatte drei Tage zuvor die Fenster geputzt. Durch den Hochdruckreiniger ließ es sich natürlich nicht vermeiden, dass einige Dreckspritzer wieder auf den sauberen Fensterscheiben, vor allem der Terrassentür landeten. Das Ende vom Lied war, dass meine Frau die Fenster erneut putzte und mich zusammenstauchte. Seitdem habe ich nie wieder versucht meiner Frau Arbeit abzunehmen, ohne klare Anweisungen von ihr. Für mich ist es gesünder auf klare Befehle zu warten.

Ich hole die Polster aus der Verpackung und versuche sie alle auf einmal zu tragen. Die Dinger sind zwar nicht schwer, aber ziemlich sperrig. Daher entschließe ich mich, lieber zweimal zu gehen, bevor ich noch die Treppe runterfalle und mir das Genick breche.

Als ich mit der ersten Ladung auf der Terrasse ankomme, stelle ich fest, dass Rosi schon alles hergerichtet hat. Die Möbel sind auf Hochglanz poliert und stehen schon an den richtigen Stellen. Ich muss nur noch die Polster drauflegen, dann kann das Kaffeekränzchen auch schon losgehen.

„Ach übrigens, heute Abend ist Maiandacht in der Kapelle“, informiert sie mich im Vorbeigehen.

Das bedeutet vermutlich, dass ich da mit ihr hingehen soll. Nicht nur, dass ich mir den

Kapellenbesuch gerne sparen würde, sie steht auch auf einer kleinen Anhöhe außerhalb des Dorfes. Dort gibt es keine Parkplätze, außerdem ist es bis dahin in Rosis Augen ein schöner Spaziergang.

„Aber Robert kommt doch mit der ganzen Familie“, werfe ich ein und hoffe, dass ich so den Maiandachtbesuch abwehren kann.

„Die kommen nur auf einen kleinen Zwischenstopp vorbei.“

„Wieso Zwischenstopp?“, hake ich nach.

„Sie waren übers Wochenende in Österreich und wenn sie schon auf der Heimreise in der Nähe sind, kommen sie uns besuchen.“

„Vielleicht bleiben sie ja auch noch zum Abendessen“, werfe ich ein, denn ich gebe die Hoffnung nicht so schnell auf.

„Nein, das haben wir schon besprochen. Die Kleine hat ja morgen wieder Schule, da wollen sie etwas früher zu Hause sein.“

Ich wusste natürlich nichts davon, dass der Besuch nur kurz sein wird. Sowas macht unser Sohn immer mit meiner Frau aus. Mir gegenüber hat es Rosi mehr oder weniger nebenbei erwähnt. Dabei hatte ich mich schon so gefreut, dass ich wieder ausgiebig mit meiner kleinen Enkelin spielen kann. Sie ist wirklich ein Goldschatz und ich habe sie so gerne um mich.

„Ach schade“, seufze ich.

„Sie müssten gleich da sein“, sagt sie nach einem kurzen Blick auf ihre Armbanduhr.

„Ich hole noch die übrigen Polster“, erwidere ich, bevor sie mich darauf hinweisen kann, dass da noch was fehlt.

Rosi folgt mir ins Haus, schlägt aber den Weg zur Küche ein, während ich wieder in den Keller verschwinde. Als ich mit den restlichen Kissen zurückkomme, ist Rosi dabei den Terrassentisch einzudecken. Sie hat sogar eine weiße Tischdecke auf den alten Terrassentisch gelegt. Immer wenn Besuch kommt, macht sie so einen Aufwand. Dabei ist es Robert und seiner Frau sicherlich egal, ob sich eine weiße Tischdecke auf dem Tisch befindet. Und der Kleinen ist sowieso nur der Erdbeerkuchen wichtig. Mir übrigens auch.

Ich bringe die übrigen Polster an und setze mich anschließend auf einen Stuhl. Die Sonne erwärmt angenehm die Haut. Anfangs hatte ich ja bedenken, dass es vielleicht zu kühl sein könnte, um draußen zu essen. Doch es ist wirklich wunderbar und obwohl mir die Sonne direkt ins Gesicht scheint, ist es nicht zu heiß.

2. Kapitel

14. Mai, abends halb sechs in Niederhaibach

„Jetzt komm schon Karl, wir müssen los sonst kommen wir zu spät zur Andacht!“

Das wäre für mich jetzt kein so großer Verlust, allerdings behalte ich das lieber für mich. Stattdessen ziehe ich meine Schuhe an und greife nach der dünnen Jacke, die an der Garderobe hängt. Wer weiß, wie lange das heute dauert, bis wir wieder zu Hause sind. Immerhin ist das nicht nur eine Andacht, sondern auch ein Gemeindetreff, bei dem sämtliche Dorfratschen zusammenkommen und sich austauschen. Das kann dann schon mal eine Weile dauern.

„Ich komme ja schon“, murmle ich und ziehe die Haustür hinter mir zu.

Zu schade, dass Robert und seine Familie nicht noch etwas länger bleiben konnten. Nicht nur, dass es dann auch noch ein anständiges Abendessen gegeben hätte, wir müssten jetzt auch nicht durch das halbe Dorf latschen und zum Schluss noch einen Berg erklimmen. Na gut, Berg ist wohl etwas übertrieben, aber die Anhöhe ist nicht ganz ohne. Da komme ich schon ins Schnaufen. Vor allem, weil meine Frau immer im Laufschritt da rauf rennt, während ich hinterher hetze.

Aber zumindest war der Erdbeerkuchen heute Nachmittag köstlich. Rosi hat mir sogar zwei Stück davon zugestanden. Dafür jagt sie mich jetzt im Laufschritt zur Kapelle. Vermutlich hofft meine Frau, dass ich so die überschüssigen Kalorien wieder abtrainiere.

„Kannst du mal ein bisschen langsamer machen, wir sind hier doch nicht auf der Flucht“, sage ich schweratmend zu Rosi.

Sie bleibt stehen, stemmt die Hände in die Hüften und sieht mich vorwurfsvoll an.

„Du darfst endlich mal was für deine Kondition tun!“, brummt sie. „Du schnaufst ja wie ein altes Postroß.“

„Du rennst ja auch wie eine Wahnsinnige“, entgegne ich.

„Ich gehe lediglich zügig.“

Genervt seufze ich und stapfe weiter den Berg empor. Von weitem sehe ich eine ganze Traube Menschen vor der Kapelle stehen. Ich habe gar nicht gewusst, dass es bei dieser Andacht so zugeht. Da hätte der Pfarrer gut und gerne auf meine Anwesenheit verzichten können. Das wäre sicher gar nicht aufgefallen.

Als wir näherkommen erkenne ich, dass die Menschen nicht einfach nur zusammenstehen, sondern eine Art Kreis gebildet haben, als würden sie in ihrer Mitte etwas betrachten. Nach ein paar weiteren Schritten kann ich die Gesichter erkennen, und auch, dass sie alle ziemlich schockiert dreinschauen. Die Pfarrersköchin bekreuzigt sich in regelmäßigen Abständen und in mir keimt das Gefühl auf, dass da was im Busch ist.

„Da kommt der Karl, der weiß bestimmt, was zu tun ist“, ruft der Hias.

Er trägt seine grünen Jägerklamotten. Ich bin mir ziemlich sicher, dass er nachts auch einen grünen Schlafanzug trägt. Noch nie habe ich ihn in anderer Farbe gekleidet gesehen, als in diesem jägergrün.

Aus Neugierde gehe ich etwas schneller, denn jetzt interessiert mich schon, worum es da geht, bei dem ich Rat wüsste. Ein handwerkliches Problem kann es nicht sein, denn jeder weiß, dass ich dahingehend nicht sonderlich begabt bin. Auch meine Frau legt einen Zahn zu, auch wenn sie nie zugeben würde, dass sie neugierig ist.

„Was ist denn hier los?“, frage ich, als ich bei der Kapelle ankomme.

„Da liegt ein Toter“, sagt der Leitner Xaver trocken.

Ich runzle die Stirn und habe die Hoffnung, dass er nicht von einem toten Menschen spricht. Vielleicht ja ein toter Vogel oder ein sonstiges Tier. Allerdings würde das nicht erklären, warum sie da meine Hilfe bräuchten. Ich wechsle einen kurzen Blick mit meiner Frau, die instinktiv stehenbleibt.

Rosi gehört nicht zu den Leuten, die sich schaulustig in die erste Reihe stellen, wenn ein Unglück geschieht. Sie ist eher eine von denen, die sich solche Anblicke lieber erspart. Ich nähere mich langsam, während sich die Menschenmenge vor mir teilt, um mir Platz zu machen.

Meine Hoffnung löst sich in Luft auf, als ich einen leblosen Körper vor mir liegen sehe. Es handelt sich also nicht um ein totes Tier, sondern einen Menschen. Der Tote ist noch nicht mal ein Unbekannter, sondern jemand aus dem Dorf.

Es handelt sich um Felix Hanauer. Ein Mann Mitte vierzig, der als Immobilienmakler tätig ist. Sein Büro hat er zwar in Straubing, aber er ist immer wieder in zwielichtige Machenschaften verwickelt. Zumindest gibt es da genügend Gerüchte, dass er alten Leuten günstig Grundstücke abkauft und diese dann mit großem Gewinn wieder weiterveräußert.

Ich habe schon gehört, dass der Mann nicht unbedingt bei allen hoch angesehen ist. So mancher Angehörige hat einen ziemlichen Zorn gegen den tüchtigen Geschäftsmann. Immerhin schmälerten die Geschäfte von Herrn Hanauer das ein oder andere Erbe erheblich. Natürlich macht ihn das nicht unbedingt zum Sympathieträger.

Genau genommen hat unser Opfer vermutlich sehr viele Feinde. Auch wenn es dadurch bestimmt viele mögliche Täter gibt, die ein Motiv haben, macht es die Suche nach dem wahren Mörder nicht unbedingt einfacher.

Aufgrund der deutlichen Kopfwunde und dem vielen Blut, kann ich einen natürlichen Tod ausschließen. Rundherum ist kein Stein oder Ast zu sehen, auf den das Opfer gestürzt sein könnte und sich dabei die Kopfwunde zugezogen hätte. Außerdem liegt er bäuchlings auf dem Boden und die Wunde ist am Hinterkopf. Daher ist auch ein Unfall sehr unwahrscheinlich, um nicht zu sagen ausgeschlossen.

„Hat schon jemand die Polizei gerufen?", frage ich in die Runde, weil mich alle fragend anstarren, als würde ich die Erlösung bringen.

„Du bist doch bei der Polizei", sagt der Herr Pfarrer und deutet mit dem Kinn auf mich.

„Trotzdem müssen wir meinen Kollegen Bescheid geben. Wir brauchen die Spurensicherung und den Gerichtsmediziner", erwidere ich und frage mich, was die Leute hier getan hätten, wenn ich nicht aufgetaucht wäre.

Vermutlich würden sie morgen früh noch um die Leiche herumstehen und entsetzt die Köpfe schütteln, anstatt zum Telefon zu greifen, und die Polizei zu verständigen.

Seufzend greife ich in meine Hosentasche und hole mein Handy heraus. Langsam habe ich mich tatsächlich an das Teil gewöhnt und ich muss zugeben, dass es ab und an ganz nützlich ist.

Ich rufe Hansi an, der allerdings nicht ans Telefon geht. Vermutlich hat er seinen Klingelton wieder auf lautlos gestellt. Ich kann mich ja kaum darüber aufregen, immerhin mache ich das genauso. Nichts ist schlimmer, als in einem Raum voller Menschen plötzlich einen Anruf zu erhalten.

Da meine Bemühungen bei Hansi erfolglos bleiben, wähle ich Simones Nummer. Sie geht augenblicklich ans Telefon. Auf Simone ist eben Verlass.

„Servus Karl, was ist denn los?“, begrüßt sie mich.

Simone weiß genau, dass es einen guten Grund geben muss, wenn ich sie am Sonntagabend anrufe.

„Bei uns im Dorf gibt es ein Mordopfer“, antworte ich ihr.

„Was?“, entgegnet sie ungläubig. „Was ist denn passiert?“

„Eigentlich sollte bei unserer Dorfkapelle eine Maiandacht stattfinden, aber als wir hier ankamen, fanden wir eine Leiche mit eingeschlagenem Kopf vor.“

„Na sauber, bei euch geht es ja ganz schön wild zu“, erwidert sie. „Ich informiere die Spusi und die Gerichtsmedizin. Der Rudi wird nicht sonderlich erfreut sein, wenn wir ihn schon wieder am Sonntag anrufen.“

„Vielleicht kannst du Hansi eine Nachricht senden, der geht nicht ans Telefon.“

Natürlich könnte ich ihm auch selbst schreiben, aber ich weiß, dass Simone für so eine Textnachricht nur einen Bruchteil der Zeit benötigt, die ich bräuchte.

3. Kapitel

14. Mai, abends halb sieben in Niederhaibach

„Ich hoffe keiner von euch hat ihn umgebracht?“, frage ich in die Runde, während wir auf meine Kollegen warten.

Alle schütteln den Kopf und weichen instinktiv etwas zurück. So funktioniert eine Menschenmasse in einer außergewöhnlichen Situation. Sie agieren fast wie eine Einheit.

„Wer hat ihn als erstes gefunden?“, hake ich nach.

Der Leitner Xaver und seine Frau heben die Hand, genau wie Gudrun, unsere Frisörin mit ihrem Mann.

„Wir sind zusammen raufgegangen und haben ihn hier liegen sehen“, sagt schließlich Xaver.

„Ich hoffe keiner hat was angefasst!“

Ich lasse einen mahnenden Blick über die Leute wandern und alle schütteln knapp den Kopf. Den Xaver sehe ich dabei als letzten an und auch er deutet mir an, dass niemand das Opfer berührt hat. Auf ihn ist dahingehend Verlass. Immerhin ist er mein Freund und würde mich nicht anlügen. Außerdem habe ich ihm mit meinen Ermittlungen schon einmal den Arsch gerettet, als er verdächtigt wurde, dass sein Leberkäse vergiftet sei.

„Natürlich nicht, wir wissen schließlich, wie man mit Leichen umgeht“, sagt die Pfarrköchin besserwisserisch.

„Dann ist es ja gut“, erwidere ich und sehe mir die Leiche näher an.

Wenn ich gewusst hätte, dass bei der Maiandacht eine Leiche auf mich wartet, hätte ich mir natürlich ein paar Gummihandschuhe eingepackt aber wer rechnet denn schon mit sowas?

Glücklicherweise kommen meine Kollegen schon bald an. Hansi und Simone sind als erstes am Tatort, im Schlepptau haben sie aber schon Rudi dabei, der nur noch seinen Untersuchungskoffer aus dem Kofferraum holt.

Dahinter parkt nun auch der Kombi der Spurensicherung. Die Türen öffnen sich und ein paar Kollegen und Kolleginnen räumen ihr Equipment aus dem Kombi.

Simone und Hansi kommen auf mich zu.

„Dich kann man aber auch nicht eine Minute alleine lassen“, sagt Hansi tadelnd.

„Wieso gehst du denn nicht an dein Telefon?“, erwidere ich vorwurfsvoll.

„Es ist Sonntag und ich war gerade beschäftigt“, erwidert er.

„Womit warst du denn beschäftigt?“, hake ich neugierig nach.

Ich glaube unser Hansi ist in letzter Zeit verstärkt auf Brautschau. Grundsätzlich spricht ja nichts dagegen, denn ich würde mich freuen, wenn er endlich von seiner Ex-Frau loskommt. Zumindest haben sie mittlerweile die Scheidung eingereicht, was ja wirklich lange genug gedauert hat. Allerdings befürchte ich für Hansi, dass es nun zu einer direkten Schlammschlacht kommt.

Hansi bleibt mir eine Antwort schuldig, grinst mich stattdessen nur schadenfroh an.

„Das würdest du jetzt gerne wissen gell?"

„Wie wäre es denn, wenn ihr mit den Kindereien aufhört und wir uns an die Arbeit machen?", schlägt Simone vor und wirft uns beiden einen tadelnden Blick zu.

„Er hat angefangen", sage ich trotzig und in diesem Moment wird mir klar, dass Simone sich wohl tatsächlich manchmal wie eine Kindergärtnerin fühlen muss, wenn sie mit Hansi und mir unterwegs ist.

Aber das macht sie richtig gut. Da muss ich sie jetzt direkt mal loben.

Bevor ich mich jedoch weiter mit Hansi auseinandersetze, wende ich mich Rudi zu. Er kniet neben der Leiche und untersucht diese. Mit seinen behandschuhten Fingern angelt er die Geldbörse aus der Hosentasche des Opfers.

„Dann schauen wir mal nach, mit wem wir es zu tun haben", sagt er.

„Das Opfer heißt Felix Hanauer", komme ich ihm zuvor.

Er sieht überrascht zu mir hoch.

„Du kennst ihn?“, fragt Rudi überrascht.

„Ja, er wohnt auch in Niederhaibach.“

„Dann kennen alle anderen hier ihn also auch?“, fragt Simone, die mittlerweile neben mir steht.

„Die meisten schon“, stimme ich zu. „Aber sie sind erst hier angekommen, da war er schon tot.“

Simone sieht mich misstrauisch an.

„Glaubst du ihnen das?“, flüstert sie mir zu.

„Als erster am Tatort war mein Freund Xaver und der hat mich sicher nicht angelogen“, versichere ich ihr.

„Ganz sicher?“, hakt sie nach.

„Ganz sicher“, erwidere ich entschlossen und nicke ihr zu.

„Dann gibt es keinen Verdächtigen“, murmelt Simone sichtlich enttäuscht.

Mittlerweile hat sich auch Hansi zu uns gesellt und sieht auf das Opfer hinab.

„Der Kerl kommt mir bekannt vor“, sagt er nachdenklich.

„Er ist Immobilienmakler, oder sowas ähnliches“, erkläre ich ihm.

„Das ist doch der verdammte Mistkerl“, ruft Hansi plötzlich aufgebracht.

Ich sehe ihn stirnrunzelnd an, denn ich kann seinen Ausbruch nicht nachvollziehen.

„Du kennst ihn auch?“, fragt Rudi überrascht.

„Kennen würde ich nicht sagen", sagt Hansi grimmig. „Der Mistkerl hat für meine Frau unsere Wohnung geschätzt."

„Du meinst, deine Wohnung", entgegne ich, denn eigentlich hat Hansi diese Wohnung bereits vor der Ehe gekauft und soweit ich weiß, hat er ihr nicht die Hälfte überschrieben.

„Sie hat den Kerl beauftragt unsere Wohnung zu schätzen und aufgrund dieser Einschätzung hat der Anwalt meiner lieben Frau den Zugewinn errechnet", erklärt er.

„Und er hat es etwas höher geschätzt?", hakt Simone nach.

„Etwas höher?", ruft Hansi zynisch. „Seiner Einschätzung nach besitze ich keine Wohnung, sondern eine Villa am Meer."

„Hast du denn auch schon einen Anwalt?", frage ich ihn.

Er schüttelt den Kopf.

„Ich habe den Brief erst vor drei Tagen bekommen", antwortet er seufzend.

„Du musst echt zusehen, dass du dir einen Anwalt suchst. Da gibt es Fristen, die man für eine Antwort einhalten muss. Du solltest da nichts versäumen", sagt nun Simone.

„Ja, ich weiß", murmelt er. „Morgen muss ich mich da mal darum kümmern."

„Aber wenn das Opfer für deine Frau so eine horrende Bewertung aufgerufen hat, dann hat er das vielleicht auch für andere getan“, sagt Simone nachdenklich.

„Wenn dem so ist, dann gibt es vermutlich genügend Leute, die ihm nicht sehr wohlgesonnen sind“, werfe ich ein.

„Und damit auch eine Menge Tatverdächtige“, stimmt Simone mir zu.

„Also ich kann es gut verstehen, dass ihm jemand eins übergezogen hat“, brummt Hansi.

„Genau genommen hättest du auch ein Motiv“, sage ich amüsiert.

Sein Blick verfinstert sich.

„Sehr witzig“, knurrt er und funkelt mich finster an.

„Falls es euch interessiert“, wirft Rudi plötzlich ein. „Der Mann wurde erschlagen. Der Beschaffenheit der Wunde nach könnte es sich bei der Tatwaffe um einen Stein oder einen sonstigen unebenen Gegenstand handeln.“

„Kannst du den Zeitpunkt einschränken?“, hake ich nach.

„Das muss irgendwann heute Nachmittag gewesen sein.“

Das war offensichtlich alles, was uns Rudi im Moment zu der Leiche sagen kann. Denn er wendet sich ab und packt seine Sachen zusammen. Anschließend winkt er die Kollegen herbei, die das Opfer abtransportieren und in die Gerichtsmedizin bringen. Das ist immer der Moment, der uns anzeigt, dass Rudi uns erst nach der Untersuchung in seinem Labor weitere Informationen zum Toten geben kann.

„Dann sehen wir uns hier mal um. Vielleicht hat der Täter die Mordwaffe ja irgendwo in der Umgebung hinterlassen“, schlägt Simone vor.

4. Kapitel

15. Mai, morgens halb neun in Straubing

Bevor ich ins Revier fahre, halte ich noch beim Leitner Xaver und nehme drei Leberkäsesemmeln mit. Natürlich gebe ich auch meinen Kollegen etwas ab. Immerhin haben wir heute vermutlich einen langen Arbeitstag vor uns.

Während mir Hilde, die drei Leberkäsesemmeln zubereitet, betritt Xaver den Verkaufsraum.

„Guten Morgen Karl, du bist ja heute schon früh unterwegs“, begrüßt er mich.

„Hilft ja nix. Wir müssen schließlich einen Mörder finden“, erwidere ich schulterzuckend.

„Habt ihr denn schon einen Verdächtigen?“, fragt mich Hilde.

Xavers Frau steht quasi immer in der Metzgerei, wenn diese geöffnet hat. Sie ist die gute Seele hier und sorgt dafür, dass immer alles reibungslos funktioniert. Allerdings ist sie auch schrecklich neugierig und da sie ja an der Quelle sitzt, weil sie mit dem ganzen Dorf ins Gespräch kommt, weiß sie alles über jeden von Niederhaibach.

„Keiner, von denen die gestern Abend vor Ort waren, konnte uns einen Hinweis auf den Täter geben“, antworte ich ihr. „Seid ihr wirklich ganz sicher, dass ihr die Ersten am Tatort wart?“

„Es war definitiv keiner da, als wir dort ankamen“, versichert nun auch Hilde.

„Das habe ich dir doch schon gesagt“, entgegnet Xaver und sieht mich vorwurfsvoll an.

„Gehört habt ihr auch nichts?“, hake ich weiter nach. „Oder ein Auto wegfahren?

Beide schütteln unisono den Kopf.

„Wenn wir mal ganz ehrlich sind, ist es nicht unbedingt verwunderlich, dass ihm einer eins übergezogen hat“, wirft plötzlich eine andere Kundschaft ein.

Ich wende meinen Kopf und sehe Gertraud neben mir stehen. Sie holt gerade frische Wurst, für die belegten Brötchen, die sie in der Bäckerei verkaufen. Gertraud steht auf der Liste der Tratschweiber ziemlich weit oben. Neben ihr steht die Pfarrköchin, die gerade seufzend den Atem ausstößt.

„Was auch immer dieser arme Mann sich zu Schulden hat kommen lassen, ihm solch schreckliche Gewalt zuzufügen ist nicht zu entschuldigen. Einzig der liebe Gott hat das Recht über uns zu richten“, entgegnet sie entrüstet.

War ja klar, dass die Pfarrköchin dies so sieht. In gewisser Weise muss ich ihr Recht geben, wobei ich weniger auf Gottes Gerechtigkeit hoffe, als auf die gute alte Justiz.

„Wem hat der Kerl denn alles übel mitgespielt?“, frage ich in die Runde, vielleicht kann mir ja jemand einen Hinweis auf den Täter geben.

„Da gibt es eine ganze Reihe von Menschen“, antwortet Gertraud.

Sie hört sich überaus verärgert an.

„Bist du da etwa auch dabei?“

Bei meiner Frage runzelt sie die Stirn. Es dauert eine Weile, bis sie erkennt, dass ich mich gerade frage, ob sie eventuell ein Motiv hatte und als Täterin in Frage kommt. Sofort schüttelt sie heftig den Kopf.

„Nein, ich hatte mit dem Kerl nichts zu tun. Allerdings habe ich eine Bekannte und deren Oma hat er so lange bequatscht, bis sie ihm ein Grundstück billig verkaufte“, antwortet Gertraud.

„Von dieser Bekannten brauche ich den Namen.“

Bei dieser Forderung runzelt sie die Stirn.

„Sie war es ganz bestimmt nicht“, erwidert sie aufgebracht.

„Das habe ich ja auch nicht gesagt“, beruhige ich sie. „Wir müssen nur mit ihr sprechen.“

Widerwillig kommt sie meiner Forderung nach kurzem Zögern schließlich nach. Sie ergreift den Kugelschreiber, den ich ihr entgegenhalte.

„Ich habe keinen Zettel“, brummt sie missmutig.

„Damit kannst du doch sicher aushelfen, oder Hilde?“

Xavers Frau nickt und wendet sich kurz ab. Sie öffnet eine Schublade, bevor sie Gertraud einen kleinen Notizblock entgegenhält.

„Bitte schreib mir alle Namen auf, von denen dir bekannt ist, dass sie mit dem Opfer Probleme hatten!“, fordere ich Gertraud auf.

„Ich weiß sonst niemanden“, murmelt sie, während sie den Namen ihrer Bekannten notiert.

Fragend sehe ich zur Pfarrköchin, doch sie schüttelt gleich den Kopf.

„Mich brauchst du nicht so ansehen, Karl. Ich weiß niemanden, der mit dem Mann etwas zu tun hatte“, beantwortet sie meine unausgesprochene Frage.

„Ich weiß jedenfalls, dass der Kerl sich nur irgendwo im Dorf sehen ließ, wenn er ein schmutziges Geschäft machen wollte“, sagt Gertraud.

Sie hat das Opfer offensichtlich wirklich nicht leiden können. Wenn ich es nicht besser wüsste, würde ich ihr glatt ein Motiv unterstellen. Allerdings kenne ich Gertraud lange genug, um zu wissen, dass sie niemals jemanden umbringen könnte. Ich schließe sie als Täterin definitiv aus.

Allerdings ist sie wohl nicht die Einzige, die schlechte Erfahrungen mit dem Mann gemacht hat. Daher sollte unsere erste Tat sein, dass wir all jene befragen, die geschäftlich mit ihm zu tun hatten.

Im Moment sind neben mir, Gertraud und die Pfarrköchin die einzigen Kunden in der Metzgerei.

Ich nehme den Zettel von Gertraud an mich und greife nach den Leberkäsesemmeln, die mir Hilde in eine Papiertüte gepackt hat. Anschließend verabschiede ich mich von allen Anwesenden und mache mich auf den Weg ins Revier.

„Halt uns auf dem Laufenden!“, ruft Xaver mir hinterher.

Die Leute hier im Dorf sind alle neugierig und jeder möchte von jedem alles ganz genau wissen. Am liebsten sind den Menschen Skandale und Gerüchte. Es gefällt ihnen sich über einander das Maul zu zerreißen.

Ich bezweifle jedoch, dass dies nur in Niederhaibach so ist. So ist der Mensch eben und irgendwie sind wir doch alle gleich.

Mal davon abgesehen, dass Frauen definitiv die größten Tratschtanten sind, auch wenn sie das natürlich niemals zugeben würden. Auch die Pfarrköchen, die immer so korrekt und aufrichtig tut, ist einem Tratsch nie abgeneigt und spitzt die Ohren, sobald sie etwas Neues hört.

Der Nachteil an diesem Fall ist, dass ich die ganze Zeit über unter Beobachtung stehe. Die Leute werden mich immer wieder löchern, wie weit wir bei den Ermittlungen sind. Egal wo ich mich die nächsten Tage sehen lasse, das Interesse an diesem Mordfall wird dafür sorgen, dass mich immer wieder jemand danach fragt.

Aber vielleicht kann uns dieses Interesse ja auch bei den Ermittlungen behilflich sein. Immerhin ist allgemein bekannt, dass in jedem Gerücht auch ein Funke Wahrheit steckt. Vielleicht ist ja tatsächlich ein Einwohner von Niederhaibach der Täter. Wenn ich Pech habe kenne ich denjenigen sogar. Sollte das so sein, muss ich einen Bekannten hinter Gitter bringen. Das würde ich wirklich gerne verhindern.

Ich steige in meinen Wagen und starte den Motor. Bevor ich jedoch losfahren kann, kommt Gertraud aus der Metzgerei und winkt mir hektisch zu. Es scheint, als wolle sie mich aufhalten, daher lasse ich das Fenster auf der Fahrerseite runter und warte, bis Gertraud bei mir ankommt.

„Mir ist noch etwas eingefallen“, sagt sie hektisch.

„Immer raus damit!“, fordere ich sie auf, als sie nicht weiterspricht.

„Der Tote hatte auch damals bei der Umgehungsstraße die Finger im Spiel“, erzählt sie. „Das hat mir mal ein Nachbar erzählt, mit dem ich über den Kerl gesprochen habe.“

Ich weiß, wovon sie spricht. Es ist etwa drei Jahre her, als die neue Umgehungsstraße gebaut wurde. Dafür mussten ein paar Grundstücke der Gemeinde an den Staat verkauft werden. Die Eigentümer wurden wohl überaus gut entlohnt, damit sie ihre Unterschrift unter den Notarvertrag setzten. Obwohl es sich lediglich um landwirtschaftliche Flächen handelte, wurde es fast wie Baugrund bezahlt. Es gab damals einige, die das Geschäft ihres Lebens gemacht haben.

„Er war einer der Verkäufer?“, hake ich neugierig nach.

„Irgendwie musste er wohl an die Pläne für den Verlauf der Umgehungsstraße gekommen sein. Er hat lange bevor diese gebaut wurde, einen Großteil der Grundstücke aufgekauft und als es soweit war, diese gewinnbringend weiterveräußert.“

Wenn Gertrauds Erzählung zutreffend ist, dann gibt es wirklich mehr als genug Motive für die Tat.

5. Kapitel

15. Mai, vormittags halb zehn in Straubing

„Ihr glaubt nicht, was ich gerade beim Leitner Metzger erfahren habe“, sage ich zu meinen Kollegen, als ich das Büro betrete.

„Was gibt es denn wieder für einen Dorfratsch in Niederhaibach?“, fragt Hansi amüsiert.

„Könnt ihr euch noch an den Bau der Umgehungsstraße erinnern, die bei uns in Niederhaibach vor ein paar Jahren gebaut wurde?“

Bei meiner Frage nickt Hansi.

„Da hast du dich doch immer so sehr aufgeregt, weil du in der Zeit einen Umweg fahren musstest“, entgegnet er.

„Und was hat das mit unserem Fall zu tun?“, fragt Simone, nachdem ich zustimmend nicke.

„Offensichtlich hat unser Opfer damals schon lange Zeit vor dem Bau der Umgehungsstraße viele Grundstücke günstig von den Bauern abgekauft. Komischerweise wohl da, wo anschließend die Straße gebaut wurde“, erkläre ich ihnen.

„Also hatte er schon früh Zugang zu den Plänen“, murmelt Simone nachdenklich.

„Er musste irgendwie an diese rangekommen sein“, stimme ich ihr zu.

„Und dann hat er diese Grundstücke um ein Vielfaches verkauft“, sagt Hansi.

„Dann müssen wir herausfinden, von welchen Bauern er damals die Grundstücke gekauft hat. Jeder von ihnen könnte der Täter sein“, erwidert Simone.

„Nicht nur diese“, werfe ich ein. „Offensichtlich hat unser Opfer auch andere Geschäfte gemacht, die menschlich gesehen wohl nicht ganz astrein waren. Allerdings immer so, dass man ihm nichts anhaben konnte.“

„Also war der Kerl ein Arsch, aber ein tüchtiger Geschäftsmann“, fasst Simone es sehr treffend zusammen.

„So könnte man es wohl sagen“, stimme ich ihr zu.

„Dann müssen wir jetzt alle ausfindig machen, die in den letzten Jahren mit unserem Opfer Geschäfte gemacht haben“, sagt Hansi und seufzt dabei auf.

„Ich befürchte das wird eine lange Liste“, murmle ich.

„Wieso denkst du das?“, fragt Simone stirnrunzelnd.

„Weil ich schon von mehreren Seiten gehört habe, dass er miese Geschäfte machte.“

Bei meiner Antwort nickt Simone. Es ist sehr wahrscheinlich, dass der gute Mann sein Geschäftssystem immer wiederholt hat, wenn er damit erfolgreich war. Vermutlich hat er über all die

Zeit den Zorn vieler Menschen auf sich gezogen. Doch auf jemanden wütend zu sein ist das eine, einen Menschen jedoch deswegen zu töten, ist nochmal eine ganz andere Sache.

„Dann machen wir uns mal an die Arbeit“, schlägt Simone vor.

„Wie wäre es vorher noch mit Brotzeit?“, frage ich und halte die Tüte mit den Leberkäsesemmeln in die Höhe.

Hansis Mundwinkel heben sich augenblicklich und er nickt hektisch.

„Das trifft sich sehr gut, ich habe heute nicht gefrühstückt“, stimmt auch Simone zu.

Anschließend bückt sie sich neben ihren Schreibtisch und holt eine Tupperbox hervor.

„Ich habe auch etwas dabei, das können wir dann als Nachspeise essen“, sagt sie, während sie den Deckel hebt.

„Hast du etwa gebacken?“, fragt Hansi überrascht.

„Nein, aber am Samstag war ich auf einer Hochzeit eingeladen und da ist jede Menge Kuchen übriggeblieben“, erklärt sie. „Allerdings ist der vom Samstag.“

„Das macht uns gar nichts aus“, erwidere ich.

Die meisten Kuchen werden doch nach zwei, drei Tagen besser und selbst wenn nicht, kann man jeden Kuchen nach dieser Zeit noch gut essen. Außerdem sieht das, was ich da in der Tupperschüssel sehe, wirklich köstlich aus.

„Da haben wir ja heute schon am Vormittag ein ganzes Menü“, freut sich Hansi.

Auch ich kann nicht behaupten, dass ich etwas gegen diese Entwicklung hätte. Ich habe zwar gefrühstückt, doch das war eher spartanisch und bestand aus einer Scheibe Vollkornbrot mit magerem Putenschinken. Und mit Vollkornbrot meine ich das, welches fast ausschließlich aus Körnern besteht. Da muss man ewig kauen, bis man eine schluckbare Konsistenz erhält.

„Dann hole ich uns mal Kaffee und Teller“, schlägt Hansi vor.

Er springt auf und verlässt das Büro. Wenn es ums Essen geht, dann wird Hansi auch schnell. In der Zwischenzeit greift Simone zum Hörer und ruft in der IT-Abteilung an. Die Kollegen dort können binnen kurzer Zeit herausfinden, bei welchen Geschäften unser Opfer seine Finger im Spiel hatte. Unsere Aufgabe ist es dann diese Leute abzuklappern und zu befragen, ob einer von ihnen als Täter in Frage kommt.

Als Hansi mit dem Kaffee zurückkommt, hat Simone das Telefonat schon beendet und wir können uns dem ausgiebigen zweiten Frühstück zuwenden.

Nachdem wir die Leberkäsesemmeln verputzt haben, bekommen wir auch schon eine Nachricht von den Kollegen, mit einer Liste der Geschäftspartner unseres Opfers. Simone druckt diese aus und gibt sie an mich weiter. Sie weiß eben, wie sehr ich es bevorzuge mit Papier zu arbeiten.

„Das ist der erste Teil, den die Kollegen ausfindig gemacht haben. Alle Namen auf der Liste sind diejenigen Bauern, von denen unser Opfer die Grundstücke für die Umgehungsstraße gekauft hatte“, erklärt Simone. „Der Rest dauert noch etwas.“

Ich schenke mir Kaffee nach, bevor ich einen Blick auf die Liste werfe. Einige Namen darauf kenne ich sogar. Allerdings habe ich nie mitbekommen, dass solch krumme Geschäfte auch in Niederhaibach vor sich gehen.

„Ist denn jemand dabei, den du auch kennst?“, fragt mich Hansi, bevor er sich ein großes Stück Kuchen in den Mund schiebt.

„Namentlich kenne ich einige. Zumindest jene, die in Niederhaibach wohnen“, antworte ich ihm.

„Dann sollten wir diese doch zuerst besuchen. Vielleicht sind sie ja gesprächiger, wenn du mit ihnen redest“, schlägt Simone vor.

Ich markiere auf der Liste die Namen all jener, die ich kenne.

„Also von mir aus können wir gleich los“, schlägt Simone vor.

„Können wir zuerst noch in Ruhe den Kuchen aufessen?“, hakt Hansi nach.

„Bist du denn noch nicht fertig?“, erwidere ich.

„Kann ja nicht jeder so das Essen runterschlingen, wie du“, murrt er und schiebt sich gleich noch ein großes Stück Kuchen in den Mund.

„Ich schlinge nicht“, entgegne ich. „Ich esse nur nicht solche riesigen Mengen wie du.“

„Also bitte, du stehst mir doch da in nichts nach!“

Da hat er wohl nicht ganz unrecht, aber heute halte ich mich etwas zurück. Am Ende der Woche habe ich einen Arzttermin und da werden meine Blutwerte untersucht. Wenn diese wieder so schlecht ausfallen, wie beim letzten Mal, dann macht meine Rosi mir die Hölle heiß. Daher muss ich mich diese Woche etwas zügeln.

Natürlich war es da nicht sehr klug mit einer Leberkäsesemmel den Tag zu beginnen. Aber dass ich auch noch ein Stück Kuchen bekommen habe, dafür konnte ich nun wirklich nichts. Das wurde mir gewissermaßen aufgedrängt. Aber es kann doch niemand erwarten, dass ich ein Stück Kuchen ausschlage.

Als Simone mir jedoch noch ein zweites Stück anbietet, bleibe ich standhaft und lehne ab. Sie sieht mich überrascht an, doch ich bleibe bei meiner Entscheidung. Wenn ich mich nicht etwas am Riemen reiße, dann gehen meine Blutwerte am Freitag durch die Decke und meine Frau macht mich einen Kopf kürzer.

6. Kapitel

15. Mai, vormittags halb elf in Straubing

Wir sind auf dem Weg zum ersten Bauern, der auf meiner Liste steht. Er ist mit mir zur Schule gegangen. Außerdem sind wir beide bei der Freiwilligen Feuerwehr. Ansonsten haben wir allerdings nicht allzu viel miteinander zu tun.

Als wir auf dem Hof ankommen, ist mein Schulkamerad gerade dabei an seinem Traktor rumzuschrauben. Wir gehen auf ihn zu und als er uns bemerkt, richtet er sich überrascht auf.

„Servus Karl, was machst du denn hier?“, fragt er. „Ach lass mich raten“, winkt er sogleich ab. „Ihr seid wegen dem Immobilienfuzzi da oder?“

„Kannst du etwa Gedankenlesen?“, erwidere ich schmunzelnd.

Schon alleine wie er die Berufsbezeichnung unseres Opfers ausspricht, macht deutlich, dass er auf Herrn Hanauer nicht allzu gut zu sprechen ist. Mein alter Schulfreund weiß aber sicher schon, dass Herr Hanauer ermordet wurde. Immerhin war das halbe Dorf bei der Mainandacht und hat die Leiche live gesehen. Das spricht sich dann natürlich schnell herum, auch wenn ich ziemlich sicher bin, dass es dafür auch reichen würde, wenn nur ein Dorfbewohner es mitbekommen hätte. Schließlich ist es kein Geheimnis, dass sich Neuigkeiten wie ein Lauffeuer verbreiten, vor allem, wenn es sich um ein kleines Dorf handelt.

„Na ja, wenn du hier mit deinen Kollegen auftauchst und ein Mord geschehen ist, dann liegt es nahe, dass dies der Grund für deinen Besuch ist“, erklärt er.

„Stimmt es, dass du ein Grundstück an ihn verkauft hast, welches er anschließend für die Umgehungsstraße weiterverkauft hat?“, frage ich ihn.

Seine Augen werden schmal und er ballt seine Hand zu einer Faust.

„Er hat macht reingelegt“, knurrt er mit finsterem Blick.

Meine Kollegen halten sich bei der Befragung völlig zurück. Sie überlassen es mir mit meinem alten Schulfreund das Gespräch zu führen. Vermutlich gehen sie davon aus, dass er sich mir gegenüber mehr öffnet. Aber wenn ich ihn mir so ansehe, bin ich ziemlich sicher, dass er jedem, der danach fragt, seine Geschichte erzählen würde. So wie er aussieht und auf die Frage nach Herrn Hanauer reagiert, gehe ich davon aus, dass er richtig sauer auf diesen ist.

Ich muss gar nicht erst nachfragen, wie genau er ihn reingelegt hat, denn er erzählt es uns ohne Aufforderung.

„Als der Kerl vorbeikam und mir ein Angebot für das Grundstück machte, hätte ich eigentlich schon stutzig werden müssen. Er wollte genau das eine Stück Land und wollte mich dafür auch über dem landwirtschaftlichen Wert bezahlen. Spätestens zu diesem Zeitpunkt hätte ich wissen müssen, dass der Kerl was im Schilde führt."

„Und wie lange nach deinem Verkauf kam dann die Umgehungsstraße?", hake ich nach.

„Das war etwa ein Jahr später", antwortet er. „Zuerst war ich ja noch der Meinung der Kerl hatte einfach nur Glück, aber als ich dann mitbekommen habe, dass ich nicht der einzige war, bei dem er es so gemacht hatte, wurde mir schnell klar, dass ich auf eine Masche von ihm reingefallen bin."

„Hast du denn den Herrn Hanauer dann auch mal drauf angesprochen?"

Bei meiner Frage nickt er.

„Natürlich habe ich ihn damit konfrontiert, aber er hat abgestritten, dass er davor von der Planung der Umgehungsstraße gewusst hat."

„Also hat er behauptet es war reines Glück, dass dein Grundstück nach deinem Verkauf so sehr an Wert gestiegen ist?"

Er entlässt einen abfälligen Laut und winkt ab.

„Als ob ihm das irgendjemand geglaubt hätte", antwortet er grimmig.

„Wann hast du Herrn Hanauer denn zum letzten Mal gesehen?"

Er sieht mich mit zusammengekniffenen Augen an und scheint angestrengt nachzudenken. Anschließend schüttelt er mit gerunzelter Stirn den Kopf.

„Seit ich ihn zur Rede gestellt habe, sind wir uns glücklicherweise nicht mehr begegnet“, antwortet er nach kurzer Bedenkzeit.

„Du hast ihn nicht zufällig am vergangenen Sonntag gesehen?“, frage ich vorsichtig nach.

„Du meinst den Tag, an dem er umgebracht wurde?“, entgegnet er misstrauisch.

Ich zucke zustimmend mit der rechten Schulter. An seiner Miene erkenne ich, dass er genau weiß, warum ich ihm diese Frage gestellt habe. Seine Augen verfinstern sich und er wirft mir einen vorwurfsvollen Blick zu.

„Willst du etwa gerade andeuten, dass ich ihn umgebracht haben könnte?“

„Wir müssen natürlich alle überprüfen, die ein Motiv haben“, erkläre ich ihm entschuldigend.

Natürlich glaube ich nicht, dass er es war. Immerhin ist es bereits einige Jahre her, dass unser Opfer ihn reingelegt hat. Wenn er sich dafür auf diese Weise hätte rächen wollen, dann hätte er das sicher schon früher getan. Außerdem ist er nicht zu einem Mord fähig, ich denke dafür kenne ich ihn gut genug.

Aber natürlich kann man sich immer auch täuschen. Vor allem wenn es um viel Geld geht verlieren Menschen oft die Beherrschung. Allerdings nicht erst nach so langer Zeit. Außerdem würde ein

Mörder von sich ablenken und nicht noch den Verdacht erhärten, indem er bereitwillig zugibt, dass er mit dem Opfer einen Disput hatte. Hätte mein alter Schulfreund Herrn Hanauer getötet, dann wäre dieser nicht so offen mit seiner Abneigung gegen das Opfer umgegangen. Er hätte versucht seine Wut zu verbergen und das Geschäft herunterzuspielen.

„Du traust mir einen Mord zu?“, fragt er sichtlich bestürzt.

„Natürlich nicht. Aber es geht leider nicht darum, was ich denke. Bei Mordermittlungen zählen nur Fakten und Beweise. Was hast du denn am Sonntag gemacht?“, hake ich nach. „Vielleicht hast du ja ein Alibi?“

Ich kann die Hoffnung in meiner Stimme nicht verbergen. Mit etwas Glück hat er den Tag ja nicht alleine verbracht. Das würde uns schon immens helfen. Oder besser gesagt, seine Unschuld beweisen.

„Das habe ich tatsächlich“, antwortet er nach kurzem Zögern.

Seine Miene bleibt weiter finster. Ich befürchte, so schnell verzeiht er mir das hier nicht. Er zögert, bevor er schließlich sein Alibi verrät. Vermutlich möchte er mich auf die Folter spannen oder einfach nur deutlich machen, wie übel er mir meine Verdächtigung nimmt.

„Ich besuche jeden Sonntag meine Mutter im Pflegeheim und verbringe mit ihr den ganzen Nachmittag“, sagt er schließlich. „Erst zur Stallarbeit war ich wieder zu Hause.“

„Kannst du uns den Namen des Pflegeheims sagen?“, hake ich nach.

Natürlich ernte ich dafür erneut einen finsteren Blick von ihm. Dennoch beantwortet er meine Frage ohne Verzögerung.

„Bin ich damit entlastet?“, fragt er vorwurfsvoll.

„Ich denke schon.“

Als ich Hansi und Simone einen Blick zuwerfe, nicken sie mir zu.

„Hast du was mitbekommen, wer noch etwas gegen Herrn Hanauer hatte?“, hake ich nach.

„Frag mich, wer nichts gegen ihn hatte“, erwidert er schnaubend. „Die Liste wäre kürzer.“

„Hast du mal gehört, wie jemand direkt Herrn Hanauer bedroht hat?“

Er schüttelt den Kopf.

„Ich habe nicht nur einmal gehört, wie ihm jemand den Tod gewünscht hat“, erwidert er.

„Kannst du dich noch erinnern, wer das gesagt hat?“

Bei meiner Frage zuckt er mit der Schulter.

„Mein Gott, dass ist öfter mal bei einem Gespräch über den Kerl gefallen. Wer genau das jetzt gesagt hat, da habe ich nicht so recht aufgepasst.“

In diesem Moment ist mir klar, dass er uns gerade anlügt. Er weiß sehr wohl, wer genau, sich wie stark über unser Opfer ausgelassen hat. Allerdings möchte er keinen seiner Kumpanen beschuldigen und ihn so ans Messer liefern.

Ich kann es sogar verstehen. Zumindest als Freund und Kamerad kann ich nachvollziehen, dass man gegenüber der Polizei in diesem Fall den Mund hält. Aber als Polizist ist mir dieses Verhalten natürlich zuwider. Zumal es nicht gerade hilfreich ist.

Aber ich erkenne, dass ein weiteres Einreden auf ihn zwecklos ist. Wir werden nichts mehr aus ihm herausbringen. Er ist wohl davon überzeugt, dass Herr Hanauer den Tod verdient hat.

7. Kapitel

15. Mai, nachmittags halb zwei in Niederhaibach

Erneut klingeln wir an einer Tür, die uns kurz darauf geöffnet wird. Eine ältere Dame steht vor uns und als sie mich sieht, heben sich ihre Mundwinkel.

„Ja Karl, servus“, begrüßt sie mich erfreut.

Die alte Frau heißt Edeltraud Keller und ist mit meiner Rosi im Frauenbund.

„Du besuchst mich?“, fragt sie überrascht. „Und dann auch gleich noch mit Begleitung.“

Sie sieht zu Simone und Hansi.

„Du kannst dir ja sicher denken, warum wir hier sind“, erwidere ich.

Als sie die Stirn runzelt, bin ich nicht sicher, ob sie nur so tut, als würde sie nicht wissen, wovon ich spreche, oder es einfach nur gespielt ist. Diese Frau ist zwar alt, aber keineswegs dumm. Allerdings bin ich mir ziemlich sicher, dass sie niemanden umbringen würde. Daher gibt es keinen Grund, warum sie uns etwas vorspielen sollte. Weiß sie womöglich noch gar nichts von dem Mord?

„Ehrlich gesagt, habe ich keine Ahnung“, erwidert sie schulterzuckend.

„Hast du denn nichts von dem Mord gehört?“, hake ich irritiert nach.

„Ein Mord“, ruft sie überrascht. „Etwa bei uns in Niederhaibach?“

Ich kann fast nicht glauben, dass sie tatsächlich nichts mitbekommen hat. Immerhin sind die größten Tratschtanten von Niederhaibach mit ihr befreundet und gehen bei Edeltraud aus und ein.

„Ja, am Sonntag wurde Herr Hanauer tot bei der Kapelle aufgefunden“, erkläre ich ihr.

„Davon habe ich nichts mitbekommen“, murmelt sie nachdenklich. „Warum hat mir das denn niemand gesagt?“

Die Frage ist nicht wirklich an uns gerichtet, sondern sie sagt es mehr zu sich selbst. Offensichtlich ist sie etwas beleidigt, dass ihre Freundinnen ihr nichts gesagt haben. Das ist aber auch wirklich ungewöhnlich.

„Den Hanauer kennst du aber schon?“, hake ich nach, denn immerhin hat sie ihm vor ein paar Jahren ein Grundstück verkauft.

„Hanauer“, wiederholt sie stirnrunzelnd den Namen und schüttelt dann den Kopf. „Den Namen habe ich noch nie gehört.“

„Aber Edeltraud, du hast vor ein paar Jahren ein Grundstück an ihn verkauft.“

Bei meiner Aussage sieht sie mich mit komischer Miene an. Sie wirkt überfordert und irritiert. Es scheint als versuche sie angestrengt, sich an den

Namen zu erinnern, doch offensichtlich gelingt ihr dies nicht. Was ist nur los mit ihr?

„Tut mir leid, aber das kann nicht sein“, sagt sie nach einigem Zögern. „Ich habe noch nie ein Grundstück verkauft. So wie ich den Hof von meinen Eltern bekommen habe, so gebe ich ihn weiter. Als meine Kinder sich gegen die Weiterbewirtschaftung entschieden haben, wurden die Grundstücke lediglich verpachtet aber doch nicht verkauft.“

Ich sehe zu Simone. Kann es sein, dass die Kollegen bei der Recherche einen Fehler gemacht haben und Edeltraud auf der Liste der Verkäufer gar nichts zu suchen hat?

„Dann muss das wohl ein Fehler sein“, murmle ich schließlich.

Simone zuckt die Schulter und sieht dabei nicht sonderlich überzeugt aus. Sie glaubt offensichtlich nicht, dass ein Fehler vorliegt. Aber was könnte Edeltrauds Verhalten sonst erklären?

Ich glaube nicht, dass sie uns anlügt. Immerhin muss ihr klar sein, dass ein Grundstücksverkauf auf jeden Fall nachvollziehbar ist. Daher wäre es zwecklos zu lügen.

„Wir überprüfen das einfach nochmal“, schlage ich schließlich vor.

Nach einer kurzen Verabschiedung, verlassen wir Edeltrauds Haus. Kaum dass die Haustür hinter uns ins Schloss fällt, zückt Simone ihr Telefon und ruft die Kollegen an, während wir zu unserem Wagen gehen.

Anhand des Gesprächsverlaufs wird deutlich, dass wohl kein Fehler von Seiten der Kollegen vorliegt. Das würde allerdings bedeuten, dass Edeltraud uns tatsächlich angelogen hat. Als Simone das Gespräch beendet, sieht sie mich mit zuckenden Augenbrauen an.

„Die alte Dame hat uns wohl angelogen", sagt sie.

„Das kann ich mir einfach nicht vorstellen. Sie muss doch wissen, dass sich das leicht überprüfen lässt", erwidere ich.

„Aber es besteht kein Zweifel. Im Notarvertrag steht eindeutig ihr Name und sie hat ihn eigenhändig unterschrieben", entgegnet sie.

Ich entlasse ein Seufzen, bevor ich mein Handy aus der Hosentasche angle.

„Was machst du jetzt?", fragt Hansi neugierig.

„Ich rufe Rosi an. Sie kennt Edeltraud schon lange und kann bestimmt besser einschätzen, ob Edeltraud wirklich lügt."

Nach gerade zweimal klingeln, geht meine Frau auch schon ans Telefon.

„Servus Rosi, du ich hatte gerade eine komische Begegnung mit der Edeltraud. Kann es sein, dass sie eine Lügnerin ist?", frage ich meine Frau ohne Umschweife.

„Sprichst du von der Keller Edeltraud?", hakt Rosi nach.

„Ja, stell dir vor, die streitet etwas ab, was wir eindeutig beweisen können."

„Das wundert mich nicht", entgegnet meine Frau. „Die Edeltraud ist vor ein paar Jahren an Demenz erkrankt und in letzter Zeit wurde es richtig schlimm. Sie vergisst fast alles, was in den letzten paar Jahren geschehen ist."

„Das erklärt natürlich einiges. Dann hat sie von dem Mord vermutlich zwar gehört, aber sie wusste es einfach nicht mehr", entgegne ich.

„Natürlich hat sie es mitbekommen. Der Mord ist Dorfgespräch. Sie kann es sich ganz einfach nicht merken", erklärt Rosi.

„Okay, dann können wir zumindest davon ausgehen, dass Edeltraud uns nicht angelogen hat. Wissen denn Edeltrauds Kinder von ihrer Krankheit?"

„Natürlich wissen sie es."

„Aber auch, wie schlimm es ist?", hake ich nach.

„Da bin ich sicher. Immerhin haben sie auch veranlasst, dass sie nicht mehr geschäftsfähig ist. Sie weiß es natürlich nicht, aber ihre Kinder treffen seit einiger Zeit die Entscheidungen für sie."

„Und wie findet sie das?"

Alleine die Vorstellung, jemand könnte mir die Freiheit nehmen, über mein eigenes Leben selbst zu entscheiden, widerstrebt mir. Selbst wenn es sich dabei um meinen eigenen Sohn handelt, finde ich die Vorstellung irgendwie überaus befremdlich.

„Sie bekommt das gar nicht mit“, entgegnet Rosi. „Ihre Kinder machen das schon mit genügend Feingefühl und möchten nur das Beste für Edeltraud.“

„Na, zumindest das“, stelle ich erleichtert fest.

Ich danke Rosi für die Auskunft und verabschiede mich von ihr. Anschließend kläre ich meine Kollegen auf, was es mit der Lüge von Edeltraud auf sich hat.

„Dann brauchen wir sie gar nicht mit den Beweisen des Verkaufs konfrontieren“, stellt Simone fest.

„Nein, vor allem kommt sie dann sowieso nicht als Täterin in Frage. Immerhin weiß sie ja gar nicht mehr, dass sie übers Ohr gehauen wurde“, wirft Hansi ein.

8. Kapitel

16. Mai, vormittags halb zehn in Straubing

Wir haben gestern noch alle auf der Liste abgeklappert und wirklich jeder hatte einen Gräuel auf unser Opfer. Einige haben ein Alibi, aber ein paar gaben auch an, den Tag alleine zu Hause verbracht zu haben. Genau genommen haben wir nicht wirklich einen Hinweis auf den Täter erhalten.

Ich gehe ja davon aus, dass unser Täter nichts mit den Grundstücksverkäufern für die Umgehungsstraße zu tun haben. Für meine Begriffe liegt da zu viel Zeit dazwischen. Ich vermute da viel eher, dass unser Opfer seinen Täter erst in letzter Zeit verärgert hat.

Allerdings arbeiten die Kollegen noch daran, alle zwielichtigen Geschäfte aufzudecken. Dazu haben wir auch die Unterlagen aus dem Büro von unserem Opfer geholt und untersucht. Auch der Laptop wird genau unter die Lupe genommen und wenn sich darauf ein Hinweis auf den Täter befindet, dann werden die Kollegen das herausfinden. Auch das Handy von Herrn Hanauer, welches er bei sich trug, wird genau durchleuchtet.

„Wurde eigentlich die Familie schon benachrichtigt?“, hake ich nach.

„Alles was der Mann an Familie hat, ist eine Schwester, die in Hamburg lebt“, antwortet Simone. „Ich habe sie angerufen, aber sie hatte kein großes Interesse am Tod ihres Bruders gezeigt. Sie hat es einfach nur zur Kenntnis genommen und mir erzählt, dass sie schon seit vielen Jahren keinen Kontakt mehr hatten.“

„Der war offensichtlich ja wirklich ein Sympathieträger“, wirft Hansi zynisch ein.

„Dann gibt es auch keine Ehefrau?“, hake ich nach.

Simone schüttelt den Kopf.

„Na bei den netten Geschäften die der Kerl machte, ist es auch kein Wunder, dass er keine Frau abbekommt“, sagt Simone.

„Aber vermutlich hat er einen Haufen Kohle“, entgegnet Hansi. „Da stehen doch viele Frauen drauf.“

„Geld ist offensichtlich doch nicht alles“, sagt Simone grinsend.

„Vor allem nicht, wenn man mit eingeschlagenem Schädel auf der Wiese liegt“, wirft Hansi ein.

Simone nimmt den Hörer ab, als das Telefon klingelt. Das Gespräch ist nur kurz und ich höre heraus, dass Rudi am anderen Ende spricht.

„Rudi hat seine Untersuchung beendet“, sagt Simone, nachdem sie den Hörer wieder aufgelegt hat. „Er meint es ist nicht nötig, dass wir zu ihm kommen. Er schreibt gleich noch den Bericht, doch laut seinen

Untersuchungen ist die Tatwaffe wohl ein Stein gewesen. Er hat kleine Körnchen davon in der Wunde gefunden und ein paar Farbreste, die wohl irgendwie in die Wunde gekommen sind."

„Das deutet doch darauf hin, dass es sich um eine Affekttat handelt", sage ich nachdenklich. „Niemand der einen Mord plant, würde als Tatwaffe einen Stein wählen oder?"

„Vielleicht hat er seinen Mörder ja zufällig dort getroffen und als es zu einem Streit kam, hat der Täter einfach einen Stein ergriffen", schlägt Hansi vor.

„Vielleicht wollte er Herrn Hanauer auch gar nicht umbringen", stimmt Simone zu.

„Wie lange dauert es denn, bis die Kollegen die ganzen krummen Geschäfte des Opfers ausfindig gemacht haben?", frage ich ungeduldig.

Es ist meine große Hoffnung, dass wir dort den Mörder finden. Die Tat wirkt, als wäre jemand stinksauer geworden, als er zufällig auf Herrn Hanauer getroffen ist. Vielleicht hat der Täter ihn ja zur Rede gestellt und dieser hat alles abgestritten. So könnte die Situation schnell eskaliert sein. Aber natürlich sind das alles nur meine ganz persönlichen Spekulationen.

Simones Computer macht einen Laut, der eine E-Mail ankündigt. Nur bei ihr ist das so, denn weder bei Hansi noch bei mir gibt es einen Ton, wenn wir eine E-Mail erhalten. Sie hat das wohl irgendwie eingestellt. Allerdings brauche ich das nicht, denn das würde mich nur nerven.

„Die Kollegen sind mit der Liste fertig“, informiert uns Simone.

„Jetzt bin ich ja mal gespannt“, murmle ich neugierig und warte auf den Ausdruck, den Simone gerade veranlasst hat.

Ich schnappe mir die Zettel, die der Drucker gerade ausspuckt. Als ich die Namen überfliege, fällt mir auf, dass ich nicht allzu viele davon kenne. Offensichtlich hat Herr Hanauer nicht nur in Niederhaibach sein Unwesen getrieben. Er hat sich auch etwas außerhalb, gewinnbringende Investitionen geschnappt, und ich bin sicher, dass dies auch dort nicht gut angekommen ist.

„Die meisten auf dieser Liste kenne ich nicht“, murmle ich.

„Kein Wunder, nur wenige wohnen in Niederhaibach“, erwidert Simone, während sie die Liste ausführlich auf ihrem Bildschirm durchgeht.

„Der Kerl hat mächtig Dreck am Stecken“, brummt Hansi grimmig. „Das habe ich euch von Anfang an gesagt.“

Hansi ist wirklich nicht gut auf den Kerl zu sprechen und wenn ich nicht wüsste, dass er auf keinen Fall einen Mord begehen würde, ganz egal, wie sehr er jemanden verabscheut, könnte ich fast glauben, dass er der Täter ist. Natürlich weiß ich mit absoluter Sicherheit, dass mein Kollege niemals einen

Mord begehen würde. Die einzige Situation in der er fähig wäre einen Menschen zu töten, ist Notwehr.

Während wir die Listen durchgehen und uns einen Plan machen, in welcher Reihenfolge wir die Leute befragen, geht ein Anruf bei uns ein. Hansi nimmt das Gespräch an und als er nach kurzer Zeit wieder auflegt, erhellt sich seine grimmige Miene etwas.

„Im Revier ist gerade ein Anruf eingegangen. Es gibt einen Hinweis auf die Tatwaffe. Offensichtlich wurde ein blutverschmierter Stein in einem nahegelegenen Waldstück von einem Wanderer gefunden“, erklärt uns Hansi

„Dann hat der Täter die Tatwaffe eine Weile mit sich getragen und dann weggeworfen?“, frage ich irritiert.

Warum trägt jemand den Stein ein ganzes Stück mit sich und wirft ihn dann irgendwo weg?

Wäre es nicht logischer den Stein zumindest in einen Bach oder See zu werfen?

Das Wasser würde das Blut abspülen und somit die Beweise vernichten.

„Vielleicht wurde dem Täter nach einer Weile erst richtig klar, was er getan hatte und er hat den Stein im Affekt weggeworfen“, wirft Simone ein.

„Oder er dachte, dass er schon weit genug vom Tatort weg wäre, als dass die Waffe gefunden würde“, vermutet Hansi.

„Was haltet ihr davon, wenn wir uns den Fundort ansehen?“, schlage ich vor.

Immerhin wissen wir bisher noch gar nicht, wo genau der Stein gefunden wurde und ob es überhaupt die Tatwaffe ist. Es wäre nicht die erste Verwechslung, bei der rote Farbe für Blut gehalten wurde. Noch dazu, da ja auch Farbreste in der Wunde gefunden wurden.

Beide nicken zustimmend und stehen auf.

„Weißt du denn wo wir hinmüssen?“, frage ich Hansi.

„Ungefähr schon“, murmelt er.

Ich sehe ihn tadelnd an.

„Mit ungefähr kommen wir nicht weit“, sage ich mahnend.

In diesem Moment treffen wir kurz vor dem Ausgang auf die Kollegen der Spurensicherung.

„Ihr seid doch bestimmt auf dem Weg zum blutigen Stein oder?“, fragt Hansi sie.

„Ja, wir wurden gerade angerufen“, antwortet ein junger Kollege.

Hansi dreht sich zu mir und grinst dabei breit.

„Siehst du, wir müssen ihnen nur folgen“, sagt er zufrieden.

9. Kapitel

16. Mai, mittags halb zwölf in Straubing

Der Fundort befindet sich tatsächlich ziemlich weit vom Tatort entfernt. Die Kollegen konnten bereits vor Ort feststellen, dass es sich nicht um rote Farbe, sondern tatsächlich Blut auf dem Stein handelt. Nun wird dieser genauer im Labor untersucht. So kann festgestellt werden, ob es sich bei dem Blut tatsächlich um das unseres Opfers handelt.

Sollte dies zutreffen haben wir tatsächlich die Tatwaffe gefunden, was einem kleinen Wunder gleichkommt. Es ist wirklich ein glücklicher Zufall, dass der Wanderer ausgerechnet hier spazieren ging und es seit der Tat auch nicht geregnet hat. Außerdem hat er den Blick tatsächlich im richtigen Moment auf die Stelle neben dem Wanderweg gerichtet, wo der Stein gelegen hat.

Ich sehe dabei zu, wie eine Kollegin der Spusi den Stein genau unter die Lupe nimmt, nachdem sie die rote Farbe darauf geprüft hat, ob es sich um Blut handelt.

„Das ist doch kein normaler Stein“, sage ich bei genauerem Hinsehen.

Die junge Kollegin sieht zu mir auf und nickt zustimmend.

„Das denke ich auch. Es sieht aus, als hätte man ihn bearbeitet, dass er so eine quadratische Form hat“, sagt sie nachdenklich.

„Der obere Teil sieht doch aus wie ein Grenzstein.“

Bei meiner Aussage runzelt sie die Stirn.

„Aber die sind doch viel länger. Das hier sieht doch eher aus, wie der eines Kopfsteinpflasters“, erwidert sie.

„Ja, aber für einen solchen Pflasterstein ist er zu groß“, entgegne ich. „Außerdem ist da doch noch ein Rest oranger Farbe. Das ist doch kein Blut oder?“

Sie schüttelt den Kopf.

„Nein, Blut ist das sicherlich nicht“, stimmt sie mir zu.

Sie dreht den Stein und auf der Unterseite sieht es aus, als wäre der Stein grob bearbeitet worden. Viel gröber, als die fünf anderen Seiten des fast quadratischen Steins.

„Ich glaube das ist wirklich ein Grenzstein, der ziemlich grob behandelt wurde“, sage ich nachdenklich.

„Da könntest du recht haben“, erwidert die junge Kollegin nachdem sie die Unterseite des Steins genau unter die Lupe genommen hat. „Ich untersuche ihn im Labor genauer, dann kann ich mehr sagen.“

„Du meldest dich, sobald du Ergebnisse hast?“, frage ich sie.

„Mache ich doch immer“, entgegnet sie lächelnd, bevor sie den Stein ordnungsgemäß verpackt.

Ich gehe zurück zu Hansi und Simone, die gerade mit den Kollegen die Umgebung nach weiteren Hinweisen absuchen.

„Und habt ihr noch was gefunden?“, frage ich die beiden.

Unisono schütteln sie den Kopf.

„Bisher noch nicht, aber wir haben mit der Suche auch gerade erst angefangen. Ich fürchte, das wird noch eine Weile dauern, bis wir die ganze Umgebung abgegrast haben“, erwidert Hansi seufzend.

Tatorte in der freien Natur sind immer etwas Zeitaufwendiger bei der Spurensicherung, da es unglaublich viele mögliche Hinweise gibt, die untersucht werden müssen.

Wir schleichen durch die Umgebung, alle mit starrem Blick auf den Boden. Jeder versucht keinen noch so kleinen Hinweis zu übersehen. Glücklicherweise schwächeln meine Augen lediglich beim Lesen. Sonst müsste ich jetzt auch eine Brille tragen und ich hasse diese Dinger wirklich.

Ein paar Stunden später mache ich mich auf den Heimweg. Wir haben alles eingesammelt, was nicht natürlichen Ursprungs war. Von Papiertaschentüchern, über Kaugummipapier und allen sonstigen Müll. Teilweise kam ich mir vor, als müsse ich Sozialstunden mit Müllsammeln abarbeiten.

Als ich zu Hause ankomme, wasche ich mir ausgiebig die Hände. Ich hatte schon lange nicht mehr so viel Müll in meinen Händen, auch wenn ich dabei Handschuhe anhatte. Während ich im Badezimmer meine Hände einseife, steckt Rosi den Kopf zur Tür herein.

„Ich habe Pizza gemacht“, informiert sie mich. „Sie ist gleich fertig. Kommst du zum Essen?“

„Pizza?“, frage ich freudig.

Ich hätte nicht damit gerechnet, dass ich heute noch Pizza zu Essen bekomme. Vielmehr habe ich mich auf einen Gemüseeintopf oder eine Suppe eingestellt. Womit habe ich denn Pizza verdient?

Ist meine Frau krank?

Oder habe ich den Hochzeitstag vergessen?

Das ist es nicht und auch mein Geburtstag steht nicht an. Ich verkneife mir meine Frage nach dem Grund für solch ein leckeres Essen. Nicht, dass ich sie noch auf die Idee bringe, dass Pizza nicht gut für meine Gesundheit ist. Daher nicke ich ihr lediglich mit einem Lächeln zu.

„Ich bin gleich da.“

Mein Magen knurrt. Offensichtlich reicht der Gedanke an ein leckeres Stück Pizza, um diese Reaktion von ihm zu erhalten. Mein Körper funktioniert gewissermaßen wie ein Uhrwerk, auch wenn meine Rosi da grundlegend widersprechen würde. Kein Wunder, immerhin sollte für ihre Begriffe mein Magen nicht bei leckeren Gerichten knurren, sondern wenn gesunde Gerichte auf den Tisch kommen.

Aber ich möchte mich nicht beschweren, denn in diesem Moment freue ich mich auf geschmolzenen Käse, leckere Salami und einen fluffigen Hefeteig. Sicherlich gibt es dazu auch einen gemischten Salat und ich muss zugeben, dass ich eine Salatbeilage gar nicht so schlecht finde. Es ist ja nicht so, dass ich keinen Salat mag. Ich möchte mich nur nicht ausschließlich davon ernähren.

Als ich in die Küche komme, steht schon ein Teller mit Pizza auf dem Tisch. Auch Rosi wartet bereits vor einem gefüllten Teller auf mich. Als ich mich jedoch meinem Platz nähere fällt mir auf, dass die Pizza etwas anders aussieht als sonst. Ich setze mich und als ich mein Stück aus der Nähe betrachten kann, wird mir klar, warum Rosi trotz ihres Gesundheitswahns Pizza gemacht hat.

„Was ist das?“, frage ich und verziehe dabei das Gesicht.

Ich sollte meine Abneigung wohl nicht so deutlich zeigen, doch im Moment kann ich meine Gesichtszüge nicht unter Kontrolle halten.

„Eine vegetarische Pizza“, entgegnet sie.

„Das erklärt das ganze Gemüse auf der Pizza, aber wieso ist da kein Käse?“, hake ich nach.

Es ist schon schlimm genug, dass sich weder Salami, noch Schinken auf der Pizza befindet, aber ohne zerlaufenen Käse ist es doch eigentlich gar keine Pizza.

„Da ist doch Käse“, erwidert Rosi.

Als ich die Stirn runzle, deutet sie auf etwas, das aussieht, als hätte jemand drei Krümel Käse auf dem Stück verteilt. Wenn das der Käse sein soll, dann muss man ihn wirklich mit der Lupe suchen.

Somit ist das, was da vor mir liegt keine Pizza, sondern nur ein trockener Hefeteig mit weichgekochten Gemüsestücken darauf. Während Rosi genüsslich ein Stück dieses zweifelhaften Gerichtes vertilgt, schiebe ich die labbrige Zucchinischeibe etwas beiseite. Anschließend schneide ich ein kleines Stück vom Teig ab. Es lässt sich nicht verhindern, dass sich darauf noch ein Stück Blumenkohl befindet, was meiner Meinung nach so gar nichts auf einer Pizza zu suchen hat. Ich muss wohl nicht gesondert erwähnen, dass dieser Bissen mit Genuss wirklich absolut nichts zu tun hat.

10. Kapitel

17. Mai, vormittags halb zehn in Straubing

Mit einer Tasse Kaffee bewaffnet, mache ich mich auf den Weg zu der jungen Kollegin bei der Spusi. Ich kann es kaum erwarten zu erfahren, ob es sich bei der Tatwaffe tatsächlich um den Teil eines Grenzsteins handelt.

Als ich das Labor betrete und die junge Kollegin mich sieht, schmunzelt sie.

„Ich habe mich schon gefragt, wie lange es wohl dauert, bis du hier auftauchst“, sagt sie amüsiert.

„Du kennst mich ja. Ich möchte immer gerne wissen, ob ich mit meiner Vermutung richtig liege“, erwidere ich schulterzuckend.

Sie grinst breit und schon an ihrer Miene kann ich erkennen, dass sie gute Nachrichten für mich hat.

„Es ist ein Grenzstein oder?“, hake ich neugierig nach, als sie weiter schweigt.

Noch kurz spannt sie mich auf die Folter, bevor sie endlich nickt.

„Ja, es war tatsächlich ein abgebrochener Grenzstein“, antwortet sie. „Das untere Ende wurde wohl abgeschlagen.“

„Und was ist mit der Farbe?“

Bei meiner Frage greift sie nach dem Stück Grenzstein, mit dem unser Opfer erschlagen wurde und dreht sich damit zu mir.

„Also das hier ist Sprühfarbe. Damit werden im Außenbereich Markierungen gesetzt. Unter anderem wird es in der Forstwirtschaft verwendet, um das Holz zu markieren und beschriften."

Bei ihrer Erklärung denke ich an die Holzstapel bei uns in den Wäldern, die von den Förstern nach dem Abschlagen des Holzes aufgemessen werden. Anschließend werden diese mit so einer orangen Farbe besprüht, bevor diese verkauft oder weiterverarbeitet werden.

„Und was ist mit dem Blut?"

„Das war Herrn Hanauers Blut", antwortet sie auf meine Frage. „Und auch Gewebereste haben wir auf dem Stein gefunden."

„Dann wurde er also tatsächlich mit dem Stein erschlagen", murmle ich.

„Ja, aber leider war es das dann auch mit den vorhandenen Spuren", sagt sie entschuldigend.

„Kann ich den für eine Weile haben, oder brauchst du ihn noch?", frage ich und deute mit meinem Kinn auf das Beweisstück.

„Wenn du ihn mir wiederbringst, kannst du ihn gerne mitnehmen", entgegnet sie und überreicht mir den Stein.

Er liegt ganz schön schwer in der Hand. Es ist nachvollziehbar, dass ich da gerade die Mordwaffe halte, denn es gibt keinen Zweifel, dass man mit diesem Stein einen Menschen erschlagen kann. Nicht nur das Gewicht, sondern auch die Form trägt wohl dazu bei, dass ein Schlag auf den Kopf damit genügt, um eine lebensbedrohliche Verletzung zu verursachen.

Ich verabschiede mich von der jungen Kollegin und verspreche ihr, die Mordwaffe bald wieder zurückzubringen. Anschließend mache ich mich damit auf in unser Büro, um Simone und Hansi zu informieren.

„Das hier ist tatsächlich die Mordwaffe und mit meiner Vermutung, dass es ein Teil eines Grenzsteins ist, lag ich auch richtig", sage ich triumphierend und halte den Stein in die Höhe.

„Ein Grenzstein?", fragt Simone stirnrunzelnd.

Ich habe meinen Kollegen gestern noch nichts von meinem Verdacht erzählt. Ich wollte warten, bis ich von der Spusi die Bestätigung habe, dass ich richtig liege. Nun ist es soweit und ich kann beweisen, dass ich auf meine alten Tage noch immer ein verdammt guter Ermittler bin.

„Es ist nur noch ungefähr ein Drittel davon. Der Täter muss ihn irgendwie bearbeitet haben oder er wurde auf irgendeine andere Weise zerstört."

„Das unterstützt den Verdacht, dass die Tat mit einem Immobiliengeschäft zusammenhängen könnte."

Bei Simones Aussage nicke ich zustimmend.

„Außerdem sind auf dem Stein Reste einer Sprühfarbe, die auch von Förstern benutzt wird, um Bäume zu markieren“, erkläre ich ihnen weiter.

„Dann könnte es sich also um einen Waldarbeiter handeln, der mit Herrn Hanauer einen Grundstücksverkauf abgeschlossen hatte und anschließend dachte, er wäre über den Tisch gezogen worden“, wirft Hansi ein.

„Ich glaube zwar nicht, dass diese Sprühfarbe ausschließlich Waldarbeiter verwenden, aber diesen Gedanken sollten wir auf jeden Fall im Auge behalten“, erwidere ich.

„Kannst du mal prüfen, ob jemand auf der Liste Förster oder Waldarbeiter ist?“, fragt Hansi in Richtung Simone.

Sie nickt und haut sofort in ihre Tasten. Es dauert nicht allzu lange, bis sie schließlich antwortet.

„Ich habe da einen Namen auf der Liste, der auch als Förster tätig ist“, erklärt sie.

„Dann sollten wir diesen Mann als erstes besuchen“, schlage ich vor.

„Machen wir uns gleich auf den Weg“, erwidert Hansi, als er aufsteht und seine Jacke vom Stuhl zieht.

Auf dem Weg nach draußen, halte ich noch kurz bei der Spusi und gebe den Grenzstein an die junge Kollegin zurück. Anschließend steigen wir in den Wagen und Hansi startet den Motor. Er lenkt das

Auto aus dem Parkplatz, als ich mich zu Simone umdrehe.

„Wo müssen wir eigentlich hin?“, frage ich sie.

„Der Förster wohnt ganz in deiner Nähe“, antwortet sie.

„In meiner Nähe?“, frage ich irritiert.

„Ja, kennst du einen Helmut Kretscher?“, hakt sie nach.

„Natürlich, der wohnt nur ein paar Häuser von mir entfernt. Woher hat der denn ein Grundstück, das er verkaufen konnte?“, frage ich irritiert.

Simone wirft einen Blick in ihr Telefon. Dort hat sie wohl die Unterlagen von unserem Fall abgespeichert. Auch wenn ich die moderne Technik oftmals verfluche, hat sie doch auch ihre Vorteile.

„Er hatte ein Grundstück etwas außerhalb von Niederhaibach“, antwortet sie schließlich.

„Das wusste ich gar nicht“, murmle ich.

„Wie es scheint hat er vor ungefähr fünf Jahren das Grundstück von seiner Mutter geerbt“, sagt Simone daraufhin.

„Und das weißt du alles, nur weil du kurz in dein Handy geschaut hast?“, frage ich ungläubig.

„Das ist ein Zaubergerät“, sagt sie amüsiert und grinst breit, während sie ihr Telefon durch die Luft wirbelt.

„Aber nur in deinen Händen“, erwidere ich lachend. „Wenn ich das Teil in die Hand nehme, verweigert es mir den Dienst.“

„Weil du es eben nicht gut behandelst", wirft Hansi belustigt ein.

„Weil du mit deinem Handy ja so viel besser zurechtkommst", erwidere ich zynisch.

Natürlich stellt er sich damit nicht so ungeschickt an wie ich. Allerdings kann ich mir auch nicht vorstellen, dass es überhaupt jemanden gibt, der sich ungeschickter anstellt. Ich schlage da wohl alle Rekorde.

Als wir an meinem Haus vorbeifahren, sehe ich Rosi im Garten arbeiten. Ich habe ihr gesagt, dass ich heute wohl nicht zum Mittagessen nach Hause komme. Jetzt würde es sich allerdings anbieten, nach dem Besuch bei meinem Nachbarn noch eine Kleinigkeit zu essen. Aber es ist wohl eine bessere Idee, wenn wir später einen kurzen Stopp beim Leitner Metzger einlegen. Bei dem gibt es ein täglich wechselndes Mittagsmenü und da ist eigentlich nie was dabei, das mir nicht schmeckt.

11. Kapitel

17. Mai, mittags halb zwölf in Niederhaibach

Hansi parkt vor Helmut Kretschers Haus den Wagen. Als wir an der Tür klingeln, dauert es eine Weile bis uns diese geöffnet wird. Helmut steht vor uns und kaut merklich. Offensichtlich stören wir ihn gerade beim Mittagessen.

„Servus Helmut, wir müssten mal mit dir reden“, erkläre ich ihm kurzum.

„Es geht um den toten Hanauer oder?“, fragt er, nachdem er seinen Mund leert, indem er merklich schluckt.

Ich nicke ihm zu, woraufhin er mit den Augen rollt und uns schließlich ins Haus bittet. Seine Frau sitzt am Tisch und es gibt Schnitzel mit Kartoffelsalat. Schon der Anblick reicht, dass mir der Magen knurrt. Mit einem Räuspern versuche ich das Geräusch zu überdecken.

„Setzt euch doch“, bietet Helmut uns an.

Ich sehe mich um, doch offensichtlich haben die beiden alle Schnitzel schon vertilgt. Einzig ein kleiner Rest Kartoffelsalat befindet sich noch in der Schüssel. Daher können wir wohl davon ausgehen, dass uns Helmuts Frau nichts zu essen anbieten wird. Zu schade, so ein paniertes Schnitzel hätte ich jetzt schon gerne gegessen.

„Also, was wollt ihr wissen?“, fragt er ungeduldig.

„Du hast ja mit dem Herrn Hanauer ein Geschäft abgeschlossen“, erwidere ich und lasse den Satz in der Luft hängen, damit Helmut darauf reagieren kann.

„Der hat mir ein Grundstück zu einem Spottpreis abgeluchst“, entgegnet Helmut grimmig. „Aber das ist schon lange her.“

„Also kam es nach dem Verkauf zu einem Streit zwischen euch?“

Bei meiner Frage runzelt er die Stirn. Er sieht mich misstrauisch an und ich bin mir ziemlich sicher, dass er den Braten schon riechen kann. Er ist nicht blöd und weiß wohl, dass wir ihn verdächtigen, und aus diesem Grund hier sind.

„Willst du mit deiner Frage etwas andeuten?“, fragt er vorwurfsvoll.

Warum reagieren immer alle gleich so abweisend, wenn man Fragen in einer Mordermittlung stellt? Es ist doch logisch, dass wir alle befragen müssen, die mit dem Opfer zu tun hatten, um den wahren Täter zu finden. Außerdem hat niemand etwas zu befürchten, der unschuldig ist.

„Helmut, natürlich möchte hier niemand etwas andeuten“, sage ich beschwichtigend. „Wir müssen aber mit allen sprechen, die mit Herrn Hanauer geschäftlich zu tun hatten.“

„Pfff, geschäftlich“, sagt Helmuts Frau abfällig. „Der Kerl war kein Geschäftsmann, sondern ein Gauner.“

Offensichtlich ist nicht nur Helmut wütend auf unser Opfer, sondern seine Frau teilt diese Emotion wohl. Sie zieht ihre Augenbrauen zusammen und blickt zu ihrem Mann. Auch er wirkt ziemlich angefressen und macht kein Geheimnis daraus, was er von unserem Opfer gehalten hat.

„Wann haben Sie Herrn Hanauer zum letzten Mal gesehen?“, fragt Simone die beiden.

„Wir meiden seine Gegenwart schon lange“, antwortet Helmut grimmig.

„Habt ihr denn etwas mitbekommen, ob er in letzter Zeit Probleme mit jemandem hatte?“, hake ich nach.

„Er war im ganzen Dorf bekannt. Immerhin waren wir nicht die einzigen, die er beschissen hat“, entgegnet Helmut.

„Hast du denn vor dem Verkauf schon einmal gehört, dass man Herrn Hanauer nicht trauen kann?“

Bei meiner Frage stößt er seufzend den Atem aus.

„Ja, ich habe tatsächlich Gerüchte gehört, aber ihnen keinen Glauben geschenkt“, antwortet er.

Dabei wirkt er wütend, doch ich bin ziemlich sicher, dass die Wut sich nicht nur gegen Herrn Hanauer, sondern auch gegen sich selbst richtet.

„Es war meine eigene Schuld“, gibt er nach kurzem Zögern zu. „Ich hätte einfach auf die

Warnungen hören sollen, doch letztendlich habe ich nur das Geld gesehen."

Er wirkt tatsächlich niedergeschlagen und ich habe den Eindruck, als würde er diesen Fehler sehr bereuen. Doch offensichtlich sucht er die Schuld in erster Linie nicht bei unserem Opfer, sondern bei sich selbst. Da stellt sich mir die Frage, ob seine Wut ausreichen würde, um einen Mord zu begehen.

„Du kennst doch sicherlich die orangen Sprühdosen, mit denen im Wald immer das gefällte Holz beschriftet wird", sage ich zu Helmut.

„Ja, natürlich. Die verwenden wir auch in der Arbeit", stimmt er zu.

„Hast du solche Sprühdosen auch zu Hause?", hake ich nach.

„In der Garage habe ich mehrere", gibt er zu. „Ich fahre morgens meistens gleich in den Wald und habe alles, was ich für die Arbeit brauche, bei mir zu Hause."

„Können wir die mal sehen?", fragt Simone.

„Von mir aus", stimmt er zu und steht auf.

Wir folgen ihm nach draußen und als er die Garage öffnet, sehe ich die Sprühdosen im Regal an der Wand stehen. Dort befinden sich vier Sprühdosen und während drei davon noch unbenutzt aussehen, erkennt man bei der vierten die Farbe am Sprühkopf. Daraus lässt sich schließen, dass wir unser Augenmerk vor allem auf diese Dose richten müssen.

„Sind das alle?", hake ich nach.

Er nickt.

„Dürfen wir die mitnehmen?“, fragt Hansi.

„Wenn wir die Untersuchungen abgeschlossen haben, erhalten Sie sie natürlich zurück“, hängt Simone an.

„Was hat denn die Sprühdose mit dem Tod von dem Hanauer zu tun?“, fragt er irritiert nach.

„Wir gehen lediglich einem Hinweis nach und möchten Unklarheiten diesbezüglich beseitigen“, antwortet Simone in so hochgestochenem Deutsch, dass ich sie anerkennend ansehe.

Das macht sie immer, wenn sie jemanden verwirren, oder zumindest unangenehmen Fragen ausweichen möchte. Mit dieser Taktik gelingt es ihr immer wieder Fragen aus dem Weg zu gehen, die sie nicht direkt beantworten möchte und sie dennoch nicht lügen muss.

Auch Helmut sieht so aus, als würde er ihre Antwort nicht ganz verstehen. Allerdings wäre es ihm wohl auch unangenehm nachfragen zu müssen. Daher zuckt er gleichgültig mit den Schultern.

„Klar, nehmt sie mit. Ich kaufe mir neue, bis ich die von euch zurückbekomme.“

Zumindest legt er uns für die Ermittlungen keine Steine in den Weg. Immerhin wäre es sehr aufwendig einen gerichtlichen Beschluss für die Untersuchung der Sprühdosen zu erhalten. Mit seiner Zustimmung können wir die Dosen jetzt einfach eintüten und mitnehmen, damit die Kollegen untersuchen können, ob die Farbe auf der Mordwaffe aus einer der Sprühdosen stammt.

Ich bedanke mich bei Helmut, der seine Hände tief in den Hosentaschen vergraben hat und zu Boden starrt, während Simone die Dosen in einer Tüte verpackt. Als wir ins Auto steigen und zurück zum Revier fahren, habe ich fast ein schlechtes Gewissen.

Er ist ein guter Bekannter und ich hasse es, Leute zu verdächtigen die ich kenne. Außerdem kann ich mir wirklich nicht vorstellen, dass Helmut etwas mit dem Mord zu tun hat. Daher sehe ich es positiv. Wir können ihn von der Schuld entlasten, wenn die Kollegen beweisen, dass die Farbe auf dem Grenzstein nicht aus einer der Dosen stammt.

12. Kapitel

17. Mai, mittags halb eins in Straubing

Als wir die Sprühflaschen im Revier abgegeben haben, knurrt mein Magen. Kein Wunder, es ist längst Mittagszeit und ich habe Riesenhunger.

„Gehen wir etwas essen?“, frage ich Simone und Hansi.

„Gute Idee, mir hängt der Magen eh schon bis zum Boden“, antwortet Hansi.

Es wird sicher eine Weile dauern, bis die Kollegen die Sprühdosen mit der Farbe auf der Tatwaffe abgeglichen haben. Daher steht einer anständigen Mittagspause nichts entgegen.

Wenn wir nicht die sichergestellten Sprühdosen im Auto gehabt hätten, dann wären wir ja noch beim Leitner Metzger eingekehrt. Allerdings wollten wir die Beweismittel so schnell wie möglich untersuchen lassen. Außerdem lässt man diese nicht einfach ohne Aufsicht im Auto liegen.

„Wo gehen wir hin?“, hakt Simone nach. „Mir wäre ja nach Pizza.“

„Oder eine Currywurst“, schlägt Hansi vor.

„Oh ja, eine Currywurst mit Pommes“, stimme ich sofort zu.

„Wie soll ich jemals mit meinen Vorschlägen durchkommen, wenn ihr beide euch immer zusammenschließt?“, beschwert sich Simone.

„Sei mir nicht böse, aber ich hatte erst Pizza und glaub mir, damit verbinde ich keine guten Erinnerungen“, erkläre ich ihr, bei dem Gedanken an Rosis Gemüsepizza.

„Dann solltest du diese schlechten Erinnerungen durch Gute ersetzen“, schlägt sie vor und grinst mich dabei an. „Ich kenne da eine wirklich verdammt gute Pizzeria.“

Ich wechsle mit Hansi einen Blick. Er scheint nicht so recht überzeugt zu sein. Allerdings muss ich Simone recht geben. Meistens wiegeln wir ihre Restaurantvorschläge ab und greifen auf Altbewährtes zurück. Wir sollten ihr auch mal die Entscheidung überlassen und Pizza ist allemal besser, als wenn sie chinesische oder indische Restaurants vorgeschlagen hätte.

„Also von mir aus können wir heute auch zum Italiener gehen“, sage ich schließlich schulterzuckend.

Hansi stößt seufzend den Atem aus.

„Von mir aus, wenn ihr unbedingt meint“, stimmt er schließlich wenig begeistert zu.

„Die Pizzeria ist gar nicht weit von hier. Wir können zu Fuß gehen“, sagt Simone, während wir das Gebäude verlassen.

Mit solchen Aussagen muss man bei Simone immer vorsichtig sein. Sie ist eine Sportskanone. Daher hat ein kurzer Spaziergang für sie eine völlig andere Bedeutung als für mich.

„Wie weit ist das genau?“, hake ich daher nach.

„Nur ein paar hundert Meter“, winkt sie ab.

„Na, deine Definition von ein paar hundert Metern kennen wir ja schon“, erwidert Hansi zynisch.

Offensichtlich bin ich hier nicht der Einzige, der bei Simones Sparzierroutenvorschlägen vorsichtig ist.

„Jetzt kommt schon, ihr seid doch noch fit“, entgegnet sie amüsiert.

„Das jung vor dem fit hat sie vergessen“, flüstere ich Hansi zu, aber so, dass Simone es auch hören kann.

Er lacht auf und auch Simone kann sich ein Grinsen nicht verkneifen. Wir spazieren die Straße entlang und glücklicherweise ist das Wetter traumhaft und angenehm warm. Unter solchen Bedingungen ist so ein kleiner Spaziergang gar nicht so schlimm. Allerdings dauert es so noch länger, bis ich endlich etwas zu essen bekomme.

„Wie weit ist es denn noch?“, frage ich nach einer Weile.

Natürlich lag ich mit meiner Befürchtung richtig. Wir gehen schon fast eine viertel Stunde und sind noch immer nicht da.

„Nur noch die Straße entlang und dann die nächste Straße rechts“, erwidert sie.

Als wir schließlich rechts in die Straße einbiegen, ist von einer Pizzeria noch nichts zu sehen. Da hat sie uns mal wieder schön an der Nase rumgeführt. Gerade noch hat sie behauptet, wir wären gleich da, und jetzt sieht es gar nicht danach aus.

„Bei der nächsten Kurve sind wir da“, sagt sie.

„Das hast du gerade schon einmal gesagt“, murmle ich und werfe ihr einen vorwurfsvollen Blick zu.

„Wir sind ja gleich da“, sagt sie mit etwas genervtem Unterton.

Wie kann sie denn genervt sein, wenn wir es doch sind, die sich von ihr durch ganz Straubing scheuchen lassen, ohne ein genaues Ziel vor Augen?

Oder besser gesagt, wir hätten schon ein Ziel vor Augen, aber irgendwie kommt es nicht in Sichtweite.

„Da ist es“, sagt Simone, als wir die nächste Straße einbiegen.

Und tatsächlich befindet sich vor uns ein Gebäude, bei dem eine italienische Flagge über dem Eingang hängt. Dann haben wir endlich unser Ziel erreicht. Simone steuert auf den Eingang der Pizzeria zu. Als wir den Gastraum betreten, wird sie von dem Kellner freundlich begrüßt. Es wirkt, als würden sich die beiden kennen. Offensichtlich war sie schon öfter hier essen.

Der Kellner führt uns an einen freien Tisch und nimmt die Getränkebestellung auf. Da wir uns im Dienst befinden, ordern wir alle drei Wasser.

Anschließend werfe ich einen Blick in die Speisekarte.

Alle Gerichte sind typisch italienisch. Es gibt Pizza und Nudeln, sowie Fleisch- und Fischgerichte. Ich entscheide mich für eine Pizza mit Salami. Schließlich möchte ich die schreckliche Erinnerung an meine letzte Pizza auslöschen.

Während wir auf unser Essen warten, unterhalten wir uns natürlich weiter über den Mordfall.

„Du kennst doch diesen Helmut, bei dem wir gerade waren", sagt Hansi. „Traust du ihm denn zu, dass er unser Opfer getötet hat?"

Ich schüttle entschlossen den Kopf.

„Das kann ich mir eigentlich so überhaupt nicht vorstellen", antworte ich.

„Aber die Sprühflaschen waren schon sehr verdächtig", erwidert Simone.

„Eins ist klar, wenn die Farbe übereinstimmt mit der Farbe auf dem Grenzstein, dann ist seine Schuld gewissermaßen bewiesen", sagt Hansi schulterzuckend.

„Und wenn sich rausstellt, dass es sich dabei nicht um diese Farbe handelt?", hakt Simone nach. „Ist für euch dann dieser Helmut von aller Schuld entlastet?"

„Wie meinst du das?"

Bei meiner Frage zuckt sie die Schultern.

„Na ja, er könnte ja rein theoretisch für den Grenzstein auch eine andere Sprühdose verwendet haben", erklärt sie ihre Gedankengänge. „Oder die

Farbe auf dem Grenzstein ist schon älter und die Dose längst geleert und entsorgt."

„Vielleicht war es auch jemand ganz anderes", werfe ich ein. „Immerhin gibt es mehr Menschen, die mit solchen Sprühdosen arbeiten."

„Aber dass sich der Täter höchstwahrscheinlich unter jenen befindet, die von unserem Opfer gelinkt wurden, darin sind wir uns doch einig, oder?", fragt Simone.

„Zumindest haben wir bisher keine Anhaltspunkte für ein anderes Motiv", stimme ich ihr zu.

Ich hoffe wirklich, dass sich der Verdacht gegen Helmut nicht bestätigt. Es wäre mir lieber, wenn wir eine Spur auf einen anderen Täter finden würden. Allerdings bin ich da zuversichtlich, denn ich kenne Helmut lange genug, um ziemlich sicher zu sein, dass er keinen Mord begehen würde. Schon gar nicht, wenn es lediglich um ein mieses Geschäft geht. Natürlich hat er dabei Geld verloren, aber Helmut schätze ich nicht so ein, als dass er aufgrund solch niedrigen Beweggründen einen Mord begehen würde.

13. Kapitel

17. Mai, nachmittags halb drei in Straubing

Die junge Kollegin arbeitet schnell und zuverlässig, denn sie ist mit der Untersuchung bereits fertig und schreibt mir eine Nachricht.

„Ich wusste es“, sage ich zufrieden.

„Was wusstest du?“, hakt Hansi neugierig nach.

„Die Farbe an der Tatwaffe stammt nicht aus Helmuts Sprühdosen“, lese ich aus der E-Mail der jungen Kollegin vor.

„Dann ist er für dich also nicht unser Täter?“, fragt Hansi.

„Für mich wäre er wohl auch nicht der Täter, wenn es die Farbe gewesen wäre. Nur hätte ich mich dann viel schwerer getan, euch von seiner Unschuld zu überzeugen“, entgegne ich.

Simone schmunzelt, während Hansi mich stirnrunzelnd ansieht.

„Das ist dein Ernst oder?“, fragt er misstrauisch nach.

Ich schmunzle und auch wenn er es vielleicht nur schwer glauben kann, ist es tatsächlich so, dass ich für mich persönlich Helmut als Täter längst ausgeschlossen habe. Jetzt habe ich wenigstens einen

Beweis dafür. Der Grenzstein stammt nicht von Helmut. Nun müssen wir nur noch herausfinden, von wem er sonst sein könnte.

„Es könnte auch sein, dass ein Waldbesitzer der Täter ist. Immerhin verwenden die ebenfalls diese Sprühdosen, um ihr Holz anzuspritzen."

Bei meiner Aussage, runzelt Simone die Stirn und sieht mich dabei nachdenklich an.

„Dann suche ich mal alle auf der Liste, die Waldbesitzer sind", schlägt sie vor und tippt anschließend auf ihrer Tastatur.

Wie gewohnt dauert es nicht lange, bis sie erste Ergebnisse vorweisen kann.

„Zwei von ihnen haben nur kleine Flächen mit Holzbestand", erklärt sie. „Aber einer hat so viel Waldbesitz, dass sogar eine eigene Jagd dazugehört."

Ich runzle die Stirn, denn ich kenne keinen im Umkreis, bei dem eine eigene Hofjagd zum Grundbesitz gehört. Keine Ahnung, wo da die Grenze liegt, aber der Grundbesitz muss schon ziemlich groß sein, wenn ich mich nicht irre.

„Wie heißt der?", hake ich nach.

„Ferdinand Greilmoser", antwortet Simone.

„Den Namen habe ich noch nie gehört", entgegne ich.

„Sein Hof befindet sich in einem kleinen Dorf im bayerischen Wald", erklärt sie.

Kein Wunder, dass ich den Namen noch nie gehört habe, wenn er so weit weg wohnt

„Dann ist unser Opfer mit seinen miesen Geschäften aber ganz schön rumgekommen“, wirft Hansi ein.

„Wir sollten dem Bauern einen Besuch abstatten“, schlage ich vor. „Wann war denn der Verkauf?“

Simone sieht wieder auf ihren Bildschirm, während sie mit der Computermaus auf dem Tisch rumfährt.

„Das ist erst fünf Monate her“, antwortet sie.

„Das könnte doch unser Mann sein“, sage ich.

„Hat unser Opfer das Grundstück dieses Bauern schon weiterverkauft?“, hakt Hansi nach.

Erneut sucht Simone auf ihrem Bildschirm nach Antworten. Es dauert nicht lange, bis sie zustimmend nickt.

„Ja, das war vor knapp vier Wochen“, antwortet sie.

„Mit wie viel Gewinn?“, hake ich nach.

Dass er dabei Verlust gemacht hat, schließe ich von vorneherein aus. Denn eins muss man unserem Opfer ja lassen, geschäftstüchtig war er.

„Wow“, antwortet Simone verblüfft. „Das waren fast fünfzigtausend Euro.“

„Das sind dann wohl fünfzigtausend Gründe, warum Herr Greilmoser verdächtig ist“, murmle ich.

Simone springt auf und schnappt sich ihre Jacke. Während wir beide schon abfahrbereit sind, erhebt sich Hansi in gemütlichem Tempo. Er scheint es gar nicht eilig zu haben. Ich hingegen kann es kaum erwarten den möglichen Verdächtigen zu Gesicht zu bekommen.

Die Fahrt zieht sich ganz schön, denn wir müssen in den hinteren bayrischen Wald. Wir fahren in Richtung Cham und erreichen in der Nähe von Bad Kötzting unser Ziel. Der Hof liegt etwas abgelegen in einem winzigen Dorf. Hier gehört zu jedem Haus ein Bauernhof mit Misthaufen. Gegen diese Einöde ist Niederhaibach fast schon eine Großstadt.

Hansi stellt den Motor ab und als wir aussteigen, fährt gerade ein großer Traktor mit Holzrückewagen auf den Hof. Vermutlich ist der Fahrer unser Verdächtiger. Er runzelt die Stirn als er uns sieht. Stellt anschließend den Motor ab und steigt vom Traktor.

„Kann ich euch helfen?“, ruft er über den Hof, als er auf uns zukommt.

Er mustert uns misstrauisch und wenn wir ihm gleich sagen, weshalb wir hier sind, wird er nicht gerade begeistert sein. Vor allem nicht, wenn er erfährt, dass wir ihn verdächtigen. Natürlich sagen wir ihm das nicht direkt ins Gesicht. Allerdings wird er anhand unserer Fragen schon merken, worauf wir hinaus möchten. Zumindest, wenn er nicht ganz blöd ist.

„Sind Sie Herr Greilmoser?“, fragt ihn Simone.

Er runzelt die Stirn.

„Wer will das wissen?“, fragt er und mustert uns misstrauisch.

„Wir sind von der Polizei Straubing und ermitteln in einem Mordfall“, erkläre ich ihm.

„Und was wollt Ihr da von mir?“, hakt er missmutig nach.

„Sagt Ihnen der Name Felix Hanauer etwas?“

Bei meiner Frage verdunkelt sich sein Blick.

„Der Name sagt mir nichts“, lügt er uns glatt ins Gesicht.

Er verschränkt die Arme vor seiner Brust und es wirkt beinahe, als würde er absichtlich eine drohende Haltung einnehmen.

„Komisch, immerhin haben Sie ihm ein Grundstück verkauft“, sagt Hansi vorwurfsvoll.

In diesem Moment wird dem Mann klar, dass seine Lüge aufgeflogen ist. Er lässt die Arme sinken und seine Miene verändert sich merklich. Nun wirkt er nicht mehr so abweisend. Vielleicht bilde ich mir das ja nur ein, aber ich glaube einen Anflug von schlechtem Gewissen zu erkennen.

„Ach, der war das?“, fragt er schließlich nach einigem Zögern und zuckt dabei gleichgültig mit der rechten Schulter. „Den Namen des Käufers habe ich mir nicht gemerkt.“

„Verkaufen Sie denn so oft Grundstücke, dass Sie sich die Namen der Käufer nicht merken können?“, fragt Simone zynisch.

„Nein, aber ich habe den Namen einfach wieder vergessen“, antwortet er.

Natürlich lügt der Mann uns an. Daran gibt es überhaupt keinen Zweifel. Das bestärkt natürlich meine Annahme, dass er unser Täter sein könnte.

„Dann haben Sie auch nicht mitbekommen, dass Herr Hanauer Ihr Grundstück mit immensem Gewinn weiterverkauft hat?“.

Bei meiner Frage schluckt der Mann sichtlich. Jetzt haben wir ihn doch erwischt. Er weiß sehr wohl, wovon ich da gerade spreche, dass zeigt seine Miene sehr deutlich.

„Nein, davon wusste ich nichts.“

Erneut lügt er, da bin ich absolut sicher. Ich wechsle mit Hansi und Simone einen Blick und es ist offensichtlich, dass ich nicht der Einzige bin, der das so sieht.

„Sie wollen nicht gewusst haben, dass Herr Hanauer mit Ihrem Grundstück einen immensen Gewinn gemacht hat?“, hakt Hansi vorwurfsvoll nach.

Herr Greilmoser presst seine Lippen fest aufeinander und schüttelt den Kopf.

„Nein, und jetzt verlassen Sie bitte mein Grundstück. Ich muss wieder an die Arbeit!“, fordert er uns auf.

14. Kapitel

17. Mai, nachmittags halb fünf im bayerischen Wald

Natürlich lassen wir uns nicht so leicht abwimmeln und bleiben hartnäckig. Als wir Herrn Greilmoser drohen, mit einem richterlichen Beschluss wiederzukommen und die ganze Bude auf den Kopf zu stellen, wird er schließlich gesprächiger.

„Also gut, ich habe dem Kerl ein Grundstück verkauft, und ja, ich erfuhr im Nachhinein auch, dass er mich beschissen hat", gesteht er schließlich missmutig.

„Und was haben Sie getan, als Sie das erfahren haben?", hake ich nach.

„Was soll ich schon getan haben?", erwidert er angesäuert. „Ich habe ihn natürlich zur Rede gestellt."

„Wie ist das Gespräch verlaufen?", fragt Simone, als er nicht von selbst davon erzählt.

„Er hat mich belächelt und gesagt, dass unser Geschäft rechtssicher abgeschlossen wurde", antwortet er schließlich grimmig. „Ich hätte einfach Pech gehabt. Letztendlich hat er so getan, als wäre ich zu blöd gewesen, um zu merken, dass er mich über den Tisch zieht."

Kein Wunder, dass unser Opfer von niemandem gemocht wurde. Wenn er mit allen so schäbig umgegangen ist, dann kann ich sehr gut nachvollziehen, dass man dem Kerl am liebsten eins über die Rübe gezogen hätte.

„Dann müssen Sie ja verdammt wütend auf ihn gewesen sein oder?“, fragt Hansi.

„Natürlich war ich angefressen und ich habe mir auch einen Anwalt genommen“, gibt er zu. „Aber der hat mir bestätigt, dass der Notarvertrag unanfechtbar ist.“

„Warum haben Sie ihm das Grundstück so günstig verkauft?“

Bei meiner Frage ziehen sich seine Augenbrauen zusammen.

„Als ich ihm das Grundstück verkaufte, war es einfach nur eine Wiese. Er bot mir dafür einen angemessenen Preis, sogar über dem üblichen Wert für ein landwirtschaftliches Grundstück. Anschließend hat er es irgendwie geschafft, dass genau dieses Grundstück als Bauland ausgewiesen wurde und das obwohl mir von unserer Gemeinde immer gesagt wurde, dass ich es nicht bebauen darf, weil es im Außenbereich liegt.“

Er bricht in seiner Erklärung ab und sein Blick verfinstert sich sichtlich.

„Und wieso ging das dann plötzlich bei Herrn Hanauer?“, frage ich stirnrunzelnd.

„Das habe ich mich auch gefragt", erwidert er. „Daher bin ich zu unserem Bürgermeister gegangen und der hatte auch keine Ahnung. Er hat mir gesagt, dass er sich das auch nicht erklären könnte. Das ging von der Stadt aus. Der Kerl hat meine Gemeinde dabei außen vor gelassen. Meine Vermutung ist, dass er einen in der Stadtverwaltung geschmiert hat. Aber beweisen konnte ich das natürlich nicht."

„Und Sie haben Ihrem Bürgermeister geglaubt, dass er nichts damit zu tun hatte?", fragt Simone.

Sie ist immer misstrauisch und hinterfragt immer alles. Das macht sie zu einer so verdammt guten Polizistin.

„Ich kenne ihn schon seit meiner Schulzeit und wir sind jahrzehntelang befreundet. Er würde mich nicht anlügen", antwortet er.

„Sie müssen ja eine Mordswut gehabt haben", wirft Hansi ein und mustert ihn eingehend.

„Natürlich war ich wütend", entgegnet er. „Aber wenn Sie jetzt andeuten wollen, dass ich diesem Kerl was getan habe, dann muss ich sie leider enttäuschen. Der Mistkerl war es gar nicht wert, dass ich mir die Finger an ihm schmutzig gemacht hätte."

Sein Ausbruch deutet zwar nicht darauf hin, dass er so ruhig geblieben ist, wie er uns glauben lassen möchte, aber zwischen Wut und Mord ist nochmal ein großer Unterschied. Im Moment kann ich den Mann überhaupt nicht einschätzen. Vielleicht steht hier ein Mörder vor uns, vielleicht aber auch nicht!

„Zu Ihrem Hof gehört jede Menge Wald oder?“, frage ich ihn.

Er nickt und sieht mich mit zusammengekniffenen Augen an.

„Wie markieren Sie denn Ihr Holz vor dem Verkauf?“, hake ich nach.

Seine rechte Augenbraue hebt sich und wenn mich nicht alles täuscht, dann weiß er ganz genau worauf ich hinaus möchte. Das würde dann wohl bedeuteten, dass er unser Täter ist.

„Mit einer Sprühdose, so wie alle anderen auch“, antwortet er schließlich mit einem abfälligen Schulterzucken.

„Besprühen Sie Ihre Grenzsteine auch mit so einer Dose?“

Bei Simones Frage schluckt er merklich, bevor er den Kopf schüttelt.

„Wofür sollte das denn gut sein?“

Bei seiner Frage wirkt er nicht übermäßig aufgeregt. Ich könnte beim besten Willen nicht sagen, ob er uns gerade anlügt. Aber das lässt sich ja ganz einfach nachprüfen, in dem wir uns einige seiner Grenzsteine zeigen lassen.

„Können Sie uns denn die Grenzsteine von diesem Grundstück zeigen?“, frage ich ihn daher.

Er legt seinen Kopf etwas schief und sieht mich irritiert an.

„Wenn Sie unbedingt meinen, dass Ihnen das bei Ihren Ermittlungen weiterhilft“, stimmt er schließlich zu.

Er geht voraus über den Hof, bis wir schließlich am Anfang seiner Einfahrt ankommen.

„Da ist einer“, sagt er und deutet mit dem Finger darauf.

Ich beuge mich hinunter und nehme den Granitstein genau unter die Lupe. Allerdings ist darauf nirgends die orange Sprühfarbe zu sehen. Anschließend zeigt er uns noch zwei weitere. Einer davon hinter seiner Scheune und der andere an einer Ecke seines Grundstücks. Doch auch da fehlt jede Spur von Farbe.

„Können Sie uns denn Ihre Sprühdosen zeigen, mit denen Sie das Holz markieren?“, fragt Simone anschließend.

Mit gleichgültiger Miene deutet er uns an ihm zu folgen. Auf mich wirkt er nicht wie ein Schuldiger, den das schlechte Gewissen plagt, sondern vielmehr genervt. Wie es aussieht werden wir ihm langsam aber sicher lästig.

Er geht in die Scheune und steuert auf eine alte Truhe an der Wand zu. Als er diese öffnet kommen ein paar Sprühdosen zum Vorschein.

„Die müssten wir für unsere Ermittlungen mitnehmen und untersuchen“, erklärt ihm Simone und erwähnt dabei nicht, dass wir ihn dazu ohne richterlichen Beschluss nicht zwingen können.

„Von mir aus“, sagt er allerdings gleichgültig.

Dafür, dass er anfangs so abweisend war, ist er jetzt überraschend nachsichtig. Es gibt zwei Erklärungen dafür. Erstens, dass er nichts zu befürchten hat, weil er nicht der Täter ist, oder zweitens, dass sich die besagte Sprühdose nicht in der Truhe befindet, weil er sie schon entsorgt hat.

Wir tüten alle Dosen ein und verabschieden uns von Herrn Greilmoser. Allerdings weisen wir ihn an, dass er sich für weitere Ermittlungen zur Verfügung halten, und daher vorübergehend auf Reisen verzichten soll.

Er ist von unserer Aufforderung nicht angetan, stimmt aber schließlich missmutig zu. Überraschenderweise beteuert er seine Unschuld nicht, wirkt allerdings auch nicht wie ein Schuldiger. Vielmehr macht es den Anschein, als wäre er sich zu schön, als dass er uns von seiner Unschuld überzeugen müsste. Er wirkt hochnäsig und überheblich, was ich gar nicht leiden kann.

„Ein unangenehmer Zeitgenosse“, murmelt Simone, als wir zu unserem Wagen gehen.

Offensichtlich bin ich nicht der Einzige hier, der diesen Mann nicht unbedingt sympathisch findet.

„Aber wie ein Täter wirkt er irgendwie auch nicht“, sagt Hansi, als er den Motor startet.

„Mal sehen, was die Untersuchung der Sprühdosen bringt“, wirft Simone ein. „Vielleicht haben wir ja Glück und an der Tatwaffe ist seine Farbe.“

15. Kapitel

18. Mai, morgens halb neun in Niederhaibach

„Sag mal, musst du heute nicht zur Arbeit?“, ruft Rosi, als sie ins Schlafzimmer kommt und reißt mich dadurch aus meinem Schönheitsschlaf.

Ich richte mich ruckartig auf, was meinem Rücken nicht so gut bekommt. Gerade morgens quält er mich ab und an. Es fühlt sich an, als wäre ich etwas eingerostet. Meist dauert es nach dem Aufstehen nur ein paar Minuten, bis sich alles wieder etwas weicher anfühlt und der Schmerz nachlässt. So ein ruckartiges Aufstehen ist dafür natürlich nicht unbedingt hilfreich.

„Wie spät ist es denn?“, frage ich meine Frau völlig verschlafen.

„Schon halb neun“, antwortet sie mit tadelndem Unterton.

Ich steige aus dem Bett, wobei ich mir instinktiv meine Hand an den Rücken halte, um den Schmerz etwas zu dämpfen. Natürlich bringt das gar nichts, aber ich habe so das Gefühl aktiv gegen den Schmerz anzukämpfen.

„Warum hast du mich denn nicht geweckt?“, frage ich sie vorwurfsvoll.

„Habe ich doch gerade“, erwidere ich.

„Ja, aber warum erst jetzt?“, hake ich nach. „Du weißt doch, dass wir an einem Mordfall arbeiten, da muss ich morgens im Büro sein.“

Ihre Augenbrauen ziehen sich gefährlich zusammen, und sie stemmt ihre Hände in die Hüften. Das ist immer eine sehr gefährliche Geste und bedeutet, man sollte sie nicht weiter reizen. Da ich sie schon lange genug kenne, ist mir dies natürlich bewusst und ich rudere zurück. Ich weiche ihrem finsteren Blick aus und verziehe mich schnell ins Badezimmer.

Heute gibt es nur Katzenwäsche, denn es muss wirklich schnell gehen. Es wird bestimmt nicht lange dauern, bis die Kollegen die Farbe untersucht haben und ich möchte auf jeden Fall dabei sein, wenn wir die Ergebnisse erhalten.

In einem Affentempo putze ich meine Zähne und ziehe mich an. Das Frühstück lasse ich ausfallen und beschließe kurz beim Bäcker zu halten.

„Willst du denn nichts mehr essen, bevor du aufbrichst?“, ruft Rosi mir zu, als ich meine Schuhe anziehe.

„Keine Zeit, ich muss los“, versuche ich sie abzuwiegeln.

„Du holst dir unterwegs wieder irgendwas Ungesundes“, sagt sie vorwurfsvoll.

Sie kennt mich einfach zu gut. Aber natürlich muss ich das abstreiten, sonst kommt sie noch auf die Idee mir ihren komischen Haferbrei einzuverleiben. Meine Frau kann wirklich sehr überzeugend sein, wenn sie sich etwas einbildet. Dieses Unheil muss ich ganz schnell abwenden.

„Ich versuche etwas Gesundes zu erwischen“, versichere ich ihr.

Bevor sie weitere Einwände äußern kann, schnappe ich mir den Autoschlüssel und rufe ihr einen flüchtigen Gruß zu. Kurz darauf sitze ich im Wagen und befinde mich auf dem Weg zum Revier.

Natürlich halte ich kurz beim Bäcker, denn so viel Zeit muss sein. Schließlich möchte ich nicht verhungern. Ich kann ja nicht riskieren, dass ich bis Mittag nichts zwischen die Zähne bekomme. Als ich im Verkaufsraum der Bäckerei vor der Auslage stehe, fällt mir ein, was ich meiner Frau zugesichert habe.

Leider ist es doch immer so, dass die gesunden Sachen nicht lecker schmecken, und die leckeren Sachen nicht gesund sind. Ich suche nach einer Alternative. Gerne würde ich ja ein süßes Teilchen und eine Butterbreze bestellen, aber das ist genau das Gegenteil von gesund. In der Auslage liegt eine Körnersemmel mit Schinken und Käse belegt. Sogar ein Salatblatt befindet sich in der Semmel. Das sollte doch einigermaßen als gesund durchgehen.

Natürlich hat mir meine Frau schon mehr als einmal eingebläut, dass diese Körnersemmeln nicht als Vollkorn durchgehen. Ich kenn mich da ja nicht so aus, aber Rosi behauptet immer, dass diese meistens nicht mit Vollkornmehl gemacht werden, sondern nur dunkel gefärbt sind und mit ein paar Körnern bestreut werden.

Mir ist das ja eigentlich völlig egal. Hauptsache ich fühle mich beim Kauen nicht, als hätte ich eine Handvoll Körner in den Mund genommen. Daher bestelle ich mir die belegte Semmel und beschließe, dass dies gesund genug ist.

„Guten Morgen“, murmle ich, als ich das Büro betrete.

„Ja sag mal, wo bleibst du denn?“, entgegnet Hansi.

„Meine Frau hat mich nicht geweckt“, antworte ich seufzend.

„Willst du damit sagen, dass deine Frau dein Wecker ist?“, fragt Simone und sieht mich dabei ungläubig an.

„Warum nicht?“, entgegne ich. „Sie steht sowieso immer früh auf.“

Simone schüttelt tadelnd den Kopf.

„Männer“, seufzt sie.

Ich sehe irritiert zu Hansi, der ihre Aufregung wohl auch nicht so recht versteht. Es ist ja nicht so, dass Rosi extra wegen mir aufstehen muss. Sie kann ja sowieso nicht länger schlafen. Im Gegenteil, sie verlässt spätestens um sechs Uhr fluchtartig das Bett. Da ist es doch wohl wirklich nicht zu viel verlangt, wenn sie mich eine Stunde später weckt. Für gewöhnlich macht sie das etwas sanfter, als mein Wecker, der schreckliche Töne von sich gibt.

„Gibt es denn schon Neuigkeiten?“, frage ich neugierig und gehe nicht weiter auf Simones Anspielung ein.

„Noch ist von den Kollegen nichts gekommen“, antwortet Simone.

„Dann schau ich mal bei denen vorbei“, sage ich entschlossen.

Vielleicht fragt sich ja der ein oder andere schon, warum ich derzeit so gerne bei den Kollegen der Forensik vorbeischaue. Normalerweise meide ich diese ja weitestgehend, weil der Labordrache auch Feuerspeien kann. Unsere liebe Frau Zellner ist mit Vorsicht zu genießen, denn ein falsches Wort genügt und sie springt einem beinahe ins Gesicht. Schon gar nicht kann sie es leiden, wenn man sie unter Druck setzt und das ist bei ihr schon der Fall, wenn man lediglich nachfragt, ob sie mit den Untersuchungen schon fertig ist.

Derzeit allerdings, ist die gute Frau Zellner im Urlaub und die junge Kollegin ist viel zugänglicher und netter. Das ist auch der Grund, warum ich ohne schlechtes Gewissen den Weg ins Labor einschlage. Unterwegs nehme ich noch eine Tasse Kaffee für die junge Kollegin mit. Diese nimmt solch kleine Gesten gerne an. Im Gegensatz zum Labordrachen, die mich schon einmal angefaucht hat, dass ich nicht glauben soll, sie würde sich bestechen lassen.

Mit einem Becher Kaffee betrete ich das Labor und begrüße die Kollegen. Ich lasse meinen Blick über die Anwesenden schweifen, doch die junge Kollegin, für die ich extra den Kaffee besorgt habe, ist nicht da.

Als ich nach ihr frage, werde ich informiert, dass sie heute krank ist.

„Von euch hat noch keiner zufällig die Sprühdose, die wir gestern gebracht haben, mit der Farbe auf der Tatwaffe abgeglichen?“, frage ich vorsichtig.

Ich bin nicht sicher, ob sich unter den Kollegen noch weitere Beamte befinden, die ebenfalls etwas empfindlich auf Nachfragen reagieren. Immerhin wacht der Labordrache normalerweise über die Kollegen und fungiert als Wachhund, direkt beim Eingang zum Labor.

„Ich bin gerade dabei“, versichert mir ein Kollege mittleren Alters. „Es dauert nicht mehr lange, dann habe ich die Ergebnisse und lasse sie euch gleich zukommen.“

Als kleines Dankeschön überreiche ich ihm den Kaffee, den ich eigentlich für die junge Kollegin mitgebracht habe. Anschließend verabschiede ich mich und gehe zurück in unser Büro.

16. Kapitel

18. Mai, vormittags halb zehn in Straubing

Nachdem Simone Hansi mit Fragen bezüglich seines Beziehungsstands gelöchert hat, und er dazu eisern schweigt, kommt endlich die E-Mail der Kollegen. Erneut stimmt die Sprühdosenfarbe nicht mit der Farbe auf dem Tatwerkzeug überein, was bedeutet, dass auch Herr Greilmoser vermutlich nicht unser Täter ist.

Natürlich können wir ihn nicht mit hundertprozentiger Sicherheit ausschließen, doch die Hinweise sprechen gegen ihn als Täter. Doch außer ihm gibt es keine Geschäftspartner des Opfers mehr, der größere Waldbestände hat.

Vielleicht sind wir auch einfach zu festgefahren, was die Verdächtigen angeht. Womöglich hat es ja gar nichts mit den Geschäftspartnern zu tun, sondern der Täter ist in einem ganz anderen Bereich zu finden. Andererseits ist es natürlich naheliegend, dort nach ihm zu suchen. Wir haben auch bisher noch keine Hinweise auf ein anderes Motiv erhalten.

Von allen Leuten aus dem Umfeld von Herrn Hanauer, mit denen wir gesprochen haben, wurden wir auf seine miesen Geschäfte hingewiesen. Daher bleibt uns gar nichts anderes übrig, als in diesem Bereich zu suchen. Weder Familie noch Freunde sind in großer Anzahl vorhanden, und bei den vorhandenen, haben wir kein böses Wort über Herrn Hanauer gehört.

Allerdings haben auch diese erwähnt, dass wohl nicht alle seine Kunden mit den abgeschlossenen Geschäften glücklich waren. Aber keiner von ihnen scheint selbst einen Gräuel gegen das Opfer gehabt zu haben. Bei manchen Aussagen hatte ich sogar das Gefühl, als hätten die Bekannten anerkennend zu Herrn Hanauer aufgesehen, gerade weil er eine gewisse Skrupellosigkeit an den Tag gelegt hat. Manchmal frage ich mich, wo die Werte in unserer Gesellschaft geblieben sind. Anstand und Moral scheinen nicht mehr weit oben bei den angestrebten Charaktereigenschaften der Menschen zu stehen.

„Das bedeutet, wir müssen uns die Liste nochmal genauer ansehen. Immerhin kann jeder so eine verdammte Sprühdose zu Hause haben“, wirft Hansi ein. „Mein Onkel hat zum Beispiel auch so eine in der Garage und sprüht damit immer seine Grenzsteine an, damit er sie wiederfindet.“

„Dann gehört dein Onkel ja auch zu den Verdächtigen“, erwidere ich belustigt.

Hansi kann über meinen kleinen Scherz nicht lachen. Stattdessen wirft er mir einen finsteren Blick zu. Beschwichtigend hebe ich meine Hände, nicht dass er mir noch an die Gurgel springt.

„Wenn wir bei denen allen auftauchen und nach einer Sprühdose fragen, dann wird der Täter sicher nicht freiwillig zugeben, dass er eine solche besitzt“, wirft Simone ein und hält die Liste mit den Namen in die Höhe.

„Oder wir suchen nur unauffällig nach den Grenzsteinen, der Grundstücke“, schlage ich vor. „Wenn jemand alle seine Grenzsteine besprüht, dann wird er dies auch rund um sein eigenes Wohngrundstück machen.“

„Vermutlich hast du recht. Das Beste wird wirklich sein, wenn wir überall mal vorbeifahren und nach orange angespritzten Grenzsteinen suchen“, stimmt Simone mir zu.

Hansi wendet den Kopf und sieht aus dem Fenster. Draußen regnet es gerade in Strömen.

„Besteht Hoffnung, dass dieser Wolkenbruch nur vorübergehend ist?“, fragt er stirnrunzelnd.

„Warte ich sehe kurz auf meine Wetterapp“, erwidert sie.

Ich muss mir ein Lachen verkneifen. Wie sich die Zeiten doch ändern. Früher haben wir das Wetter mit dem Barometer vorausgesagt und heute gibt es dafür eine App, sowie fast für alles. Im Gegensatz zu Simone habe ich jedoch nicht den Hauch einer Ahnung, wo man die alle herbekommt und auch mit der Benutzung habe ich so meine Probleme.

Kurze Zeit später stehen wir bei der ersten Adresse auf unserer Liste.

„Wenn wir jetzt alle zusammen aussteigen und ums Grundstück schleichen dann ist das doch ein bisschen auffällig“, gibt Simone zu bedenken, als ich meine Hand auf den Türöffner lege.

Da hat sie wohl nicht ganz Unrecht. So ziehen wir jede Menge Aufmerksamkeit auf uns.

„Dann steigt wohl besser nur einer aus“, stimme ich ihr zu.

„Du fällst am wenigsten auf“, sagt Hansi zu mir.

„Wieso falle ich am wenigsten auf?“, hake ich neugierig nach.

„Weil es normal ist, dass alte Leute neugierig auf die Grundstücke anderer starren“, erwidert er.

„Hast du mich gerade als alt betitelt?“, frage ich vorwurfsvoll.

„Du bist doch alt“, entgegnet er schulterzuckend.

Soll ich mich jetzt mit ihm anlegen?

Oder lasse ich das einfach so stehen?

Ich entschließe mich für das zweite und steige aus dem Auto, weil er die Aufregung gar nicht wert ist. Anschließend schlendere ich an der Straße entlang und tue so, als würde ich einen gemütlichen Spaziergang machen. So sehr ich mich auch bemühe, ich sehe weder am Anfang, noch am Ende des Grundstücks einen Grenzstein. Geschweige denn welchen der orange angespritzt ist.

Nach ein paar Metern drehe ich wieder um, und versuche auf dem Rückweg erneut mein Glück. Ich bleibe am Anfang des Grundstücks stehen und versuche mit meiner Fußspitze den Grenzstein zu ertasten, indem ich das Gras platt trete.

Wenn mir jetzt jemand zusieht, dann meint er vermutlich ich hätte nicht alle Tassen im Schrank, aber das ist mir im Moment egal, denn es geht nur um die Ermittlung. Tatsächlich finde ich nach einiger Zeit der Suche den Grenzstein und beuge mich hinunter, um ihn genau betrachten zu können. Doch dort befindet sich noch nicht einmal der Hauch von Farbe. Daher stehe ich wieder auf und versuche mit meiner Fußspitze das Gras wieder etwas aufzustellen, was jedoch misslingt. Es ist und bleibt plattgetreten.

Schließlich gebe ich auf und gehe zurück zum Auto. Als ich einsteige sehen mich Simone und Hansi fragend an, als ich nicht gleich Bericht erstatte.

„Dieser Grenzstein hat definitiv keine Farbe gesehen“, erzähle ich ihnen.

„Hast du nur einen gefunden?“, hakt Hansi nach.

Ich nicke, denn am anderen Ende des Grundstücks war der Grenzstein unauffindbar und ich wollte keine Aufmerksamkeit auf mich ziehen, indem ich auf allen vieren den Boden absuche.

„Wenn er den einen nicht angespritzt hat, dann macht er das bei den Übrigen auch nicht“, erwidere ich.

„Dann suchen wir weiter“, murmelt Simone entschlossen und sagt Hansi die nächste Adresse an.

„Du hast das schon sortiert oder?“, fragt er nach, als das Navigationsgerät eine Fahrt von zwanzig Minuten anzeigt.

„Wie sortiert?“, hakt sie stirnrunzelnd nach.

„Ja nicht, dass du mich jetzt kreuz und quer durch die Stadt und darüber hinaus scheuchst“, erwidert er.

„Du meinst, ob ich die Fahrten so gelegt habe, dass der Fahrtweg möglichst gering ist?“

Bei ihrer Frage nickt er.

„Kennst mich doch“, antwortet sie. „Wir fahren jetzt erst mal raus aus der Stadt, weil ich denke, dass wir außerhalb eher jemanden finden könnten, der seine Grenzsteine besprüht. Irgendwie passt das doch besser zu den Landbewohnern oder?“

„Also ich habe meine Grenzsteine noch nie besprüht“, entgegne ich, da ich mich als Dorfbewohner bei ihrer Bemerkung angesprochen fühle.

Simone schmunzelt, während Hansi breit grinst.

„Dein Onkel spritzt sie doch auch an und wohnt nicht auf dem Land.“

Ich kann mir diese Spitze gegen Hansi nicht verkneifen.

„Aber er wohnt am Stadtrand“, stichelt Simone weiter und nun bin ich es, der sich ein Lachen nicht verkneifen kann.

17. Kapitel

18. Mai, mittags halb eins in der Nähe von Straubing

Das ist nun die letzte Adresse außerhalb von Straubing. Hier ist es noch relativ dünn besiedelt, wenn auch etwas dichter als in Niederhaibach. Wir befinden uns vor einem Haus am Rande einer Siedlung. Auf zwei Seiten ist das Grundstück eingebettet von einer großen Wiese und es sieht aus, als wäre dies früher mal ein kleiner Bauernhof gewesen. Sogar ein alter Stadl steht neben dem kleinen Häuschen. Das ist wohl ein Überbleibsel des ehemaligen kleinen Sacherl.

Sebastian sieht mich auffordernd an. Offensichtlich ist er der Meinung ich solle, wie auch schon bei allen anderen, nach den Grenzsteinen suchen. Wie es scheint muss ich hier die ganze Arbeit machen.

Seufzend öffne ich die Autotür und schlendere wieder die Straße entlang, als wäre ich ein einfacher Spaziergänger. Das Grundstück ist eingezäunt und als ich an einer Ecke neben der Straße ankomme, muss ich nicht lange nach dem Grenzstein suchen. Er leuchtet in einem grellen orange.

Nach dem Zaun beginnt an der Straße entlang ein Graben, der die angrenzende Wiese von der Straße trennt. Auf der Seite der Wiese sind kleine Holzstöcke angebracht, die orange angespritzt wurden. Da wurde die Grenze des Grundstücks wirklich penibel markiert.

Ich gehe weiter die Straße entlang, bis ich bei einem der markierten Holzstöcke ankomme. Tatsächlich steckt dieser direkt neben dem Grenzstein, der ebenfalls mit der Farbe gekennzeichnet wurde.

Anschließend winke ich Hansi und Simone zu mir. Nun dürfen wir ruhig auffallen, denn wir werden mit dem hier wohnhaften Eigentümer sowieso gleich ein Gespräch führen müssen. Natürlich beweist dies nicht, dass er der Täter ist, aber zumindest ist es ein eindeutiger Hinweis.

Als Hansi und Simone bei mir ankommen, deute ich auf den Grenzstein.

„Das ist doch wohl eindeutig", sage ich zu den beiden.

„Wir sollten definitiv mit der Familie Taler ein Gespräch führen", sagt Simone zustimmend.

Daher gehen wir die Straße wieder zurück, bis zum Eingangstor der Familie. Dort befindet sich ein Hinweisschild auf einen Wachhund. Daher drücke ich auf den Klingelknopf, der neben dem Eingangstor angebracht ist.

Überraschenderweise höre ich gar kein Bellen. Als sich die Haustüre öffnet, bin ich eigentlich schon darauf eingestellt, dass gleich ein riesiger Köter zähnefletschend auf uns zustürmt. Ich muss mir ein Lachen verkneifen, als hinter dem älteren Mann, der gerade auf uns zukommt, ein kleines, weißes Knäuel auf uns zuläuft.

„Das soll ein Wachhund sein?", flüstert Simone belustigt.

„Da hätten sie sich das Warnschild sparen können", wirft Hansi leise ein.

„Sie können ruhig reinkommen, der tut nichts!", sagt der ältere Mann und winkt uns zu sich.

„Und das Warnschild?", hake ich nach.

Der Mann winkt mit einem schiefen Grinsen ab.

„Das hat mein Sohn nur zur Abschreckung angebracht", antwortet er.

„Abschreckung?", hake ich nach, als ich das Tor öffne und auf die Haustüre zugehe.

„Man sagt ja, dass Einbrecher Häuser scheuen, bei denen ein Hand zum Haushalt gehört", erklärt er.

„Das stimmt allerdings", entgegne ich nickend.

„Sind Sie Herr Taler?", fragt Simone, als wir bei dem Mann ankommen.

Währenddessen beugt sie sich zu dem kleinen Hund und streichelt ihm über den Kopf. Dieser gibt keinen Laut von sich, sondern lässt sich das nur zu gerne gefallen. Er reckt seine Schnauze und genießt sichtlich die Streicheleinheiten.

„Ja, warum? Wer sind Sie denn?“

Simone stellt uns vor und zückt auch ihren Dienstausweis. Herr Taler runzelt die Stirn.

„Und warum sind Sie hier?“, hakt er nach.

„Sicherlich haben Sie doch von dem grausamen Mord gehört?“, frage ich ihn.

„Sie meinen den armen Mann, dem man den Schädel eingeschlagen hat?“, entgegnet er.

„Ja genau“, erwidert Simone.

„Ich habe davon in der Zeitung gelesen“, sagt er nickend. „Aber was hat das denn mit mir zu tun?“

„Bei dem Opfer handelt es sich um Herrn Felix Hanauer“, antworte ich ihm. „Sagt Ihnen der Name etwas?“

Natürlich ist dies nur eine Testfrage, ob er uns belügt. Immerhin wissen wir längst, dass Herr Taler mit dem Opfer einen Notarvertrag abgeschlossen hat. Ansonsten würde er ja nicht auf unserer Liste stehen.

„Ja, natürlich. Das ist ja der Immobilienmakler, der da hinten ein Stück unserer Wiese gekauft hat.“

Bei seiner Antwort deutet Herr Taler hinter das Haus. Wir lassen uns von ihm genau beschreiben um welches Stück Wiese es sich gehandelt hat.

„War es da, wo jetzt die zwei Rohbauten stehen?“, hakt Hansi nach.

Er nickt uns zu, sieht dabei allerdings nicht sonderlich wütend aus.

„Können wir Ihnen zu dem Verkauf ein paar ausführliche Fragen stellen?“

„Natürlich, kommen Sie doch rein!“, schlägt er bei Simones Frage vor und winkt uns hinter sich her.

Gleich nach dem Eingang stehen wir in einem dunklen Flur. Eine Tür steht offen, durch die Herr Taler schreitet und ich höre, wie er etwas zu jemanden sagt. Die weibliche Stimme antwortet ihm in einem Gemurmel, das ich nicht verstehe. Nur das Wort Polizei, welches sie überrascht ausstößt, ist nicht zu überhören.

Offensichtlich ist ihr unser Besuch wesentlich unangenehmer, als ihrem Mann, denn sie mustert uns ziemlich ablehnend.

„Na, dann schießen Sie mal los!“, fordert uns Herr Taler auf.

„Wir haben draußen gesehen, dass Sie Ihre Grenzsteine mit Farbe besprüht haben“, informiere ich ihn.

„Ja, das mache ich immer, damit man sie leichter findet, falls man sie mal benötigt“, antwortet Herr Taler ganz offen.

Er wirkt sehr gelassen, was mich eigentlich glauben lässt, dass er nicht der Täter ist. Sonst wäre er doch viel zurückhaltender mit den Informationen, oder würde versuchen auszuweichen.

„Haben Sie denn Ihren Grundstücksverkauf an Herrn Hanauer im Nachhinein bereut?“, fragt Simone.

Während die Ehefrau sich abwendet und etwas in die Spülmaschine räumt, schüttelt Herr Taler den

Kopf. Bei seiner Frau wirkt es, als wolle sie einer Antwort entgehen.

„Nein warum denn?“, erwidert er. „Der Preis war völlig angemessen.“

Seine Frau schweigt und wendet uns weiterhin den Rücken zu. Ich glaube eine gewisse Anspannung bei ihr festzustellen, allerdings gibt sie keinen Ton von sich, der ihren Gemütszustand verdeutlichen würde.

„Sie sagten doch, dass die Neubauten dort hinten auf den von Ihnen verkauften Grundstücken gebaut wurden“, sagt Hansi. „Die Grundstücke wurden doch sicherlich viel teurer verkauft, als das, was Sie von Herrn Hanauer bekommen haben?“

„Zu dem Zeitpunkt als wir das Grundstück verkauft haben, war es ja noch kein Baugrund, also war der Preis angemessen“, antwortet er.

Es klingt komisch, aber ich habe den Eindruck, als würde Herr Taler die Wahrheit sagen. Er macht den Eindruck, als würde ihm das tatsächlich nichts ausmachen. Das würde aber bedeuten, dass er keine Rachegelüste hatte, denen er nachging, indem er unserem Opfer einen Stein über den Schädel gezogen hat.

Als wir ihn nach den Sprühdosen fragen, stimmt er der Herausgabe sofort bereitwillig zu. Auch seine Frau scheint keine Einwände zu haben, auch wenn sie die ganze Zeit über schweigsam war. Es fällt mir auch schwer ihrer Miene zu entnehmen, wie ihre Einstellung gegenüber unserem Opfer ist.

Nun haben wir erneut eine Sprühdose im Gepäck, die von unseren Kollegen mit der Farbe auf dem Grenzstein abgestimmt werden muss. Langsam hoffe ich wirklich, dass wir die entsprechende Farbe endlich finden.

18. Kapitel

18. Mai, abends halb sechs in Niederhaibach

Meine Frau wartet bereits auf mich.

„Da bist du ja endlich“, ruft sie mir zu. „Du musst gleich den Grill anschmeißen, ich habe ein paar Freundinnen kurzfristig zum Grillen eingeladen.“

Ich sehe sie stirnrunzelnd an. Es hat zwar tagsüber sehr angenehme Temperaturen aber gerade hat es angefangen zu regnen.

„Hast du dir das Wetter angesehen?“, frage ich nachdenklich.

„Ich weiß, das ist jetzt blöd, aber ich habe das Fleisch schon gekauft und die Salate gemacht. Mit dem Gasgrill kannst du ja auch unter dem Terrassenvordach grillen“, schlägt sie vor.

„Verstehe ich dich richtig, dass ich draußen bei dem Sauwetter grillen soll, während ihr hier gemütlich beisammensitzt?“

Ich kann mir leider einen kleinen Anflug von Vorwurf nicht verkneifen. Es ist fast schon dreist, dass sie mich so verplant und dann auch noch erwartet, dass ich brav ihre Befehle ausführe. Gerade setze ich an, meinem Ärger Luft zu machen, als sie mir zuvorkommt.

„Ich habe für dich auch zwei Wammerl gekauft."

Sie weiß wirklich, wie sie mich rumkriegen kann. Niemals würde sie mir ein fettes Wammerl zugestehen, wenn sie keine Gegenleistung dafür erwarten würde. Dann auch gleich noch zwei Stück, da kann man sich schon mal in eine Jacke packen und unter dem Überdach dem Regen trotzen, während man das Fleisch auf dem Grill wendet.

„Wer kommt denn überhaupt?", frage ich nach.

Als Rosi die Namen aufzählt, wird mir klar, dass es sich dabei ausschließlich um alte Dorfratschen handelt, bei denen eine schlimmer ist, als die andere. Nicht eine von ihnen wird ihren Mann mitnehmen. Genau genommen bin ich unter diesen Umständen sogar dankbar, dass ich draußen alleine grillen darf.

„Also gut, ich grille euch das Fleisch, aber nur unter einer Bedingung!", fordere ich.

„Welche?", hakt sie stirnrunzelnd nach.

„Ich verziehe mich nach dem Grillen ins Wohnzimmer", eröffne ich ihr.

„Aber das wäre doch sehr unhöflich", wirft sie ein.

Ich verschränke die Arme vor der Brust und sehe sie vorwurfsvoll an.

„Ich setze mich nicht an einen Tisch voller gackernder Hühner", erwidere ich schroff.

„Hast du mich gerade als Huhn bezeichnet?", fragt sie vorwurfsvoll.

„Nicht dich, aber deine Gäste."

Sie zieht ihre Augenbrauen zusammen und sieht mich finster an. Ich halte ihrem Blick stand, denn in diesem Punkt werde ich auf gar keinen Fall nachgeben. Von diesen Weibern lasse ich mir den Feierabend nicht verderben.

„Also gut von mir aus. Es ist vermutlich eh besser, wenn du uns mit deinen Sprüchen nicht nervst“, entgegnet Rosi.

Sollte ich mich jetzt gekränkt fühlen, oder einfach nur froh sein, dass ich der zweifelhaften Gesellschaft weitestgehend entkommen kann?

Ich lasse das jetzt mal einfach so stehen und wende mich ab, um nach oben zu gehen und mich in bequeme Freizeitkleidung zu werfen.

„Wann muss ich denn mit dem Grillen anfangen?“, rufe ich über die Schulter zurück, als ich die Treppe nach oben gehe.

„Jetzt gleich, sie sollten um sechs Uhr hier sein.“

Nach dieser Information verschwindet meine Frau in die Küche und ich stoße seufzend den Atem aus. Da wird es wohl nichts mit meinem Vorhaben mich noch ein paar Minuten auf das Sofa zu legen und etwas Augenpflege zu betreiben.

Kurz darauf stehe ich am Grill und wende das Fleisch, welches Rosi mir auf einen Teller gebracht hat. Leider hat sie mich auch angewiesen die Gemüsespieße auf den Grill zu legen. Meinen

Einwand, dass auf meinen Grill kein Gemüse kommt, lässt sie nicht gelten.

„Wenn du das Gemüse nicht grillst, verfüttere ich deine Wammerl an den Nachbarshund“, sagt sie drohend.

Ihre Überredungskünste sind nicht die einfühlsamsten, aber sie wirken!

Als ich das Gemüse das erste Mal wende, sind sie auf der Unterseite schon etwas angekokelt. Bei Gemüse sollte ich vermutlich weniger Hitze verwenden, doch ich weigere mich das Gemüsegrillen zu perfektionieren. Um einen Tadel meiner Frau nicht zu riskieren, schiebe ich die Spieße jedoch an den Rand des Grills, da ist die Gefahr geringer, dass sie verbrennen.

Rosi öffnet die Terrassentür einen Spalt und steckt den Kopf heraus.

„Ist das Grillgut schon fertig?“, fragt sie, wobei ihre Stimme eher so klingt, als würde sie mich unter Druck setzen wollen.

„Ich habe keine Ahnung wie lange man Gemüse grillt, aber ich denke, es ist gar“, antworte ich ihr. „Aber das Fleisch braucht noch zwei Minuten.“

„Dann komme ich in zwei Minuten wieder.“

Sie wendet sich ab und verschwindet wieder. Offensichtlich wollte sie ihren Damen nicht die Gemüsespieße als Vorspeise servieren, ansonsten hätte sie diese doch gleich mitgenommen. Also falls das Gemüse in zwei Minuten zu dunkel und durch ist, ist es nicht meine Schuld.

Beim Anblick des Wammerls läuft mir das Wasser im Mund zusammen. Ich liebe es, wenn diese schön dunkel und knusprig sind. Natürlich ist mir klar, dass diese Zubereitung das eh schon fette Wammerl nicht unbedingt gesünder macht, aber es schmeckt einfach vorzüglich.

Pünktlich zwei Minuten später steht Rosi mit einer großen Platte vor mir. Glücklicherweise ist wirklich alles fertig und ich lade zuerst das Gemüse und anschließend das Fleisch auf. Meine zwei Wammerl lasse ich noch auf dem Grill liegen, denn für meinen Geschmack dürfen die ruhig noch etwas dunkler werden.

„Und was ist mit denen?“, fragt sie stirnrunzelnd.

„Das sind meine Wammerl“, antworte ich und sehe sie dabei irritiert an.

Sie hat mir doch versichert, dass ich zwei Wammerl abbekomme. Da kann ich mich doch unmöglich verhört haben. Oder bricht sie ihr Versprechen gar?

„Du weiß aber schon, dass man sie nicht so schwarz grillen soll, weil das krebserregend ist“, belehrt sie mich.

„Wenn es danach geht, dürfte man ja gar nichts mehr essen“, murmle ich und wende das Fleisch nochmal.

Tatsächlich ist die Unterseite schon schön dunkel und kleinen Bläschen bilden sich an der Haut. Genauso mag ich es!

„Jetzt nimm es endlich runter, sonst kannst du es in die Biotonne schmeißen.“

Entsetzt sehe ich sie an. Sie würde doch nicht wirklich verlangen, dass ich das leckere Fleisch in den Müll schmeiße, nur weil es etwas zu dunkel ist?

Ich traue meiner Frau fast alles zu, wenn es darum geht mich zu drangsalieren, auch wenn sie es anders nennt. Sie behauptet ja, das würde sie alles nur für meine Gesundheit tun. Wie auch immer, ich riskiere da mal lieber nix. Daher komme ich ihrer Aufforderung nach und nehme die zwei Wammerl vom Grill.

Akribisch sieht sie mir dabei zu und wartet bis ich den Gasgrill abstelle. Sie wendet sich ab und geht zur Küche. Nach ein paar Schritten wirft sie einen Blick über die Schulter zurück und versichert sich, dass ich ihr folge.

In der Küche begrüße ich knapp die ganze Frauenbagage, nehme mir eine Semmel, etwas Grillsoße und Besteck und verlasse die Küche. Im Wohnzimmer angekommen schalte ich mir den Fernseher ein und schneide ein Stück von meinem Wammerl ab. Schon beim ersten Bissen im Mund kann ich ein Seufzen nicht unterdrücken. Noch bevor ich ein zweites Stück abschneiden kann, geht die Wohnzimmertür auf und Rosi kommt mit einem kleinen Teller herein, auf dem sich ein riesiger Berg verschiedener Salate befindet.

„Du hast deinen Salat vergessen“, sagt sie grinsend. „War bestimmt ein Versehen.“

Natürlich war das kein Versehen und das weiß sie auch. Dennoch werde ich mich hüten, den Salatteller abzulehnen. Rosi ist fähig und nimmt mir meine Wammerl wieder weg. Daher bedanke ich mich artig und wende mich wieder meinem Wammerl zu.

19. Kapitel

19. Mai, vormittags halb zehn in Straubing

„Die Farbe stimmt überein“, ruft Simone plötzlich wie aus dem Nichts.

Überrascht sehen Hansi und ich sie an. Erst jetzt erkenne ich, dass auch in meinem Postfach eine neue E-Mail angekommen ist. Die Kollegen haben die Sprühdose untersucht und tatsächlich eine Übereinstimmung der Farbe festgestellt. Somit ist erwiesen, dass der Grenzstein mit dem Herr Hanauer erschlagen wurde, mit dieser Farbe besprüht wurde.

„Na dann, sollten wir dem Taler gleich nochmal einen Besuch abstatten“, schlage ich vor.

Meine Kollegen muss ich nicht lange überreden. Sie stehen sofort auf und nicken zustimmend, bevor wir uns auf den Weg machen. Ich befürchte, dass ich mich in Herrn Taler doch getäuscht habe. Wie es aussieht hat er nur so unschuldig getan. Oder es war nicht er, der den Mord begangen hat.

Allerdings kann ich mir jetzt auch nicht vorstellen, dass seine Frau zu dieser Tat fähig gewesen wäre. Schon allein deshalb, weil sie eine eher zierliche Figur hat und nicht mehr ganz so jung ist. Der Granitstein war relativ schwer und ich kann mir nicht vorstellen, dass sie diesen so schwungvoll an Herrn Hanauers Kopf geschlagen haben kann.

Allerdings hat Herr Taler auch noch etwas von einem Sohn gesagt. Vielleicht war er es ja. Da sollten wir mal nachfragen, wo er zur Tatzeit war.

Kurz darauf sitzen wir schon im Wagen auf der Fahrt zur Familie Taler. Hoffentlich sind die beiden zu Hause. Mit etwas Glück wird sogar der Sohn anwesend sein. Wobei ich keine Ahnung habe, wie alt der Sohn überhaupt ist und ob er noch zu Hause wohnt.

„Weißt du etwas über den Sohn der Talers?“, frage ich Simone.

„Ja, er ist verheiratet und wohnt mit seiner Frau mitten in Straubing“, antwortet sie.

Wie immer ist auf Simone Verlass. Sie denkt mit und arbeitet mit Sinn und Verstand. Mit ihr im Team zu arbeiten ist wirklich eine Freude, denn sie ist fast wie ein wandelndes Lexikon. So jemanden hätte ich früher auch schon gerne an meiner Seite gehabt. Hansi und ich sind eher praktisch veranlagt. Erst mal hinfahren und dann weiterschauen. Mit der Technik von heute ist das allerdings viel einfacher. Bei Simone sind es nur wenige Klicks und sie hat alle Informationen die wir brauchen. Bei mir hingegen, ist es ein wildes Durcheinander, das ich mit dem Computer in Erfahrung bringe.

Kurz darauf parken wir vor dem Grundstück der Talers. Ich muss mir ein Lachen verkneifen, als mein

Blick auf das Schild mit der Warnung vor einem bissigen Hund warnt, wenn ich an das Wollknäuel denke, das nur entfernt etwas mit einem Hund zu tun hat. Schon gar nichts, mit einem bissigen Wachhund.

Ich drücke auf den Klingelknopf und muss nicht lange warten, bis die Haustür aufgemacht wird und der kleine Kläffer wieder auf uns zustürmt. Als Herr Taler uns sieht, winkt er uns zu sich und pfeift seinen Hund zurück.

„Haben Sie noch Fragen an uns?“

Sein überraschter Gesichtsausdruck mach deutlich, dass er nicht so schnell mit einem erneuten Besuch von uns gerechnet hat.

„Wir müssen uns über Ihre Sprühdose unterhalten“, antworte ich ihm.

Sichtlich überrascht runzelt er die Stirn.

„Was ist mit ihr?“, hakt er nach.

„Wir sollten uns vielleicht lieber drinnen unterhalten“, schlage ich vor.

„Dann kommen Sie mal rein!“, erwidert er und winkt uns durch. „Sie kennen ja den Weg schon.“

Er wirkt nicht direkt abweisend, aber dennoch irgendwie ein bisschen überrascht, mit einer Spur Neugierde. Vielleicht ist es ja nur so ein Gefühl, aber es kommt mir so vor, als wüsste er, dass dieser Besuch nicht so ganz ohne üblen Nachgeschmack für ihn sein wird.

„Wir kommen gleich mal zur Sache“, beginne ich ohne Umschweife. „Herr Hanauer wurde mit einem

Grenzstein erschlagen, der mit Farbe besprüht war. Diese Farbe stimmt mit der in Ihrer Sprühdose überein."

„Soll das heißen, dass Sie uns verdächtigen?", fragt er nach kurzem Zögern vorwurfsvoll.

„Es ist naheliegend, dass der Täter in Ihrer Nähe zu finden ist", entgegnet Simone.

„Sagen Sie doch gleich, dass Sie uns den Mord anhängen möchten", ruft Frau Taler aufgebracht.

„Niemand hat gesagt, dass wir denken, Sie sind die Täter", sage ich beruhigend. „Wir müssen dem Hinweis aber natürlich nachgehen. Haben Sie denn einen abgebrochenen Grenzstein, der mit Farbe besprüht ist?"

Herr Taler runzelt die Stirn und sieht dabei aus, als würde er angestrengt nachdenken.

„Ich habe so einen Stein. Der ging bei Baggerarbeiten am Grundstück kaputt und wir mussten ihn durch einen Neuen ersetzen", antwortet er nach einer Weile. „Das ist aber bestimmt schon zwei Jahre her."

„Und wo ist der Stein jetzt?"

Bei Hansis Frage wechselt Herr Taler einen Blick mit seiner Frau.

„Was siehst du mich an?", fragt sie schulterzuckend. „Ich hatte den Stein nie in der Hand."

War das jetzt ein Hinweis, dass sie nicht die Täterin sein kann, oder hat sie das nur gesagt, um von sich abzulenken?

„Der Stein ist in meiner Garage“, antwortet Herr Taler schließlich.

„Können wir den sehen?“, hakt Simone nach.

„Ja, klar“, erwidert er schulterzuckend und steht von seinem Stuhl auf.

Wir tun es ihm gleich und folgen ihm nach draußen. Neben seinem Haus befindet sich eine Garage, in der mindestens drei Autos Platz haben. Dieser Mann hat Platz ohne Ende. Als er das Tor öffnet, steht neben einem Golf auch ein Wohnmobil und ein Anhänger. Aus dieser Garage hat er auch die Sprühdose für uns geholt, als wir gestern da waren.

Herr Taler geht an die hintere Wand der Garage und beugt sich dort auf den Boden. Er hebt ein paar Bretter an, die dort auf dem Boden gestapelt sind, doch wie es scheint bleibt seine Suche erfolglos.

„Das gibt es doch nicht. Ich habe ihn doch genau hierhin gelegt“, murmelt er.

„Gibt es ein Problem?“, fragt ihn Simone.

„Ja, der verdammte Stein ist weg“, antwortet er.

Ich wechsle mit meinen Kollegen einen Blick, wobei Simone misstrauisch ihre rechte Augenbraue in die Stirn zieht.

„Ich schwöre, ich habe diesen Stein hier abgelegt und dann nicht mehr angefasst“, versichert er eindringlich.

„Wann haben Sie den Stein denn zum letzten Mal gesehen?“, hake ich nach, denn irgendwie glaube ich Herrn Taler.

Er wirkt ehrlich überrascht.

„Das war vor etwa drei Wochen, da habe ich die Bretter hier abgelegt. Da war er definitiv noch da.“

„Wer hat denn alles Zutritt zu dieser Garage?“, frage ich ihn.

„Meine Frau und ich“, antwortet er schulterzuckend.

„Und Ihr Sohn?“

Bei Simones Frage sieht er sie stirnrunzelnd an.

„Er hat keinen Schlüssel“, antwortet er nach kurzem Zögern.

„Aber er hätte doch Zugang zu dem Garagenschlüssel, wenn er zu Besuch ist oder?“, hakt Hansi nach.

„Ja, aber es ist schon länger her, dass er hier war.“

„War es vor oder nachdem Sie den Grenzstein hier zuletzt gesehen haben?“

„Definitiv davor“, antwortet er.

„Aber der Florian Gahr hat auch einen Schlüssel. Er hat das Wohnmobil bei uns untergestellt“, sagt Herr Taler.

Bei dem Namen horcht Simone sichtlich auf und wirft mir und Hansi einen Blick zu. Anschließend nickt sie kaum merklich, was bedeutet, dass Herr Gahr ebenfalls auf unserer Liste der Geschäftspartner des Opfers steht.

20. Kapitel

19. Mai, vormittags halb elf in der Nähe von Straubing

Auf direktem Weg fahren wir zu Florian Gahr. Familie Taler hat uns glaubhaft versichert, dass sie den Grenzstein nicht weggenommen haben. Daher ist Herr Gahr auf der Liste der Verdächtigen an die oberste Stelle gerutscht.

„Wir sollten ihn von Anfang an in dem Glauben lassen, dass wir eindeutige Beweise gegen ihn haben“, schlage ich vor. „Vielleicht haben wir ja Glück, und er gesteht gleich.“

„In Anbetracht dessen, dass wir absolut nichts gegen ihn in der Hand haben, ist das vielleicht nicht die schlechteste Vorgehensweise“, stimmt Simone mir zu.

„Dann machen wir das so und hoffen, dass Herr Gahr nicht gleich nach einem Anwalt verlangt“, sagt Hansi.

„Wenn wir ihn richtig schön überrumpeln, und es wie eine Befragung ohne Hintergedanken aussehen lassen, dann könnten wir Glück haben“, vermutet Simone, während Hansi am Ziel das Auto parkt.

Gemeinsam steigen wir aus und ich hoffe, dass wir Herrn Gahr hier auch gleich antreffen. Simone drückt auf den Klingelknopf neben der Haustür des Einfamilienhauses. Es dauert nicht allzu lange, bevor uns geöffnet wird.

„Hallo?“, begrüßt er uns in fragendem Tonfall.

„Sind Sie Herr Florian Gahr?“, fragt sie ihn.

Als er das bejaht, stellt sie uns kurz vor, bevor sie ihn bittet uns ins Haus zu lassen, damit wir ihm ein paar Fragen stellen können. Er ist sichtlich überrumpelt und wirkt von einem Moment auf den anderen sehr angespannt.

„Wir haben herausgefunden, dass Sie von Herrn Taler einen Grenzstein gestohlen haben, aus der Garage, in der Sie Ihr Wohnmobil untergestellt haben“, eröffne ich ihm ohne Umschweife.

„Wie kommen Sie denn darauf?“, fragt er offensichtlich nervös.

„Sie wurden dabei beobachtet“, lügt Hansi dreist.

Er schluckt merklich und man sieht ihm sofort an, dass seine Anspannung erheblich ansteigt. Ich bin ziemlich überzeugt davon, dass wir es hier mit dem Täter zu tun haben. Seine ganze Gestik deutet darauf hin und die Ohren des Mannes verfärben sich verdächtig rot. Das passiert, wenn Leute ein schlechtes Gewissen haben oder lügen.

„Der war doch bereits kaputt und nicht mehr brauchbar“, gibt er ohne Umschweife zu.

„Also geben Sie zu, dass Sie den Stein gestohlen haben?“, hake ich nach.

„Sie haben doch gerade gesagt, dass Sie das wüssten“, entgegnet er etwas verwirrt.

Offensichtlich machen wir unsere Sache ganz gut, denn er wirkt völlig überfordert, hat aber bisher auf die Hinzuziehung eines Anwalts verzichtet, vermutlich möchte er sich nicht verdächtig machen. Bevor er genauer über unsere Aussage nachdenken kann, räuspere ich mich und nicke ihm zu.

„Sowie die Tatsache, dass Sie damit Herrn Hanauer erschlagen haben“, schieße ich geradeheraus.

Sein Mund steht weit offen und er starrt mich entsetzt an. Es hat ihm offensichtlich völlig die Sprache verschlagen. Ein weiteres Indiz dafür, dass er tatsächlich unser Täter ist. Ein Unschuldiger würde sich sofort empört gegen die Aussage wehren. Erwartend sehe ich ihn an und ziehe meine Augenbrauen in die Stirn. Offensichtlich sucht er verzweifelt nach den richtigen Worten, doch kein Laut kommt ihm über die Lippen. Er beißt sich auf die Unterlippe und legt anschließend seine Hand über den Mund.

„Wie kommen Sie denn darauf?“, hakt er etwas unbeholfen nach.

„Es gibt Hinweise auf den Grenzstein, die uns zu Ihnen geführt haben“, antwortet Simone.

„Vielleicht ist es an der Zeit ein Geständnis abzulegen, das würde sich strafmildernd auswirken“, sagt Simone. „Immerhin kennen wir bereits Ihr Motiv. Er hat auch Sie bei einem Grundstückskauf über den Tisch gezogen oder?“

Herr Gahr presst seine Lippen fest aufeinander und sieht zu Boden. Nun habe ich nicht mehr den geringsten Zweifel, dass wir endlich den wahren Täter gefunden haben. Allerdings würde ich nun schon gerne wissen, ob es bei der Tat wirklich nur um Rache und Geld ging. Zwei niedrige Beweggründe für einen Mord. Dafür wird er wohl lange hinter Gitter wandern. Vorausgesetzt wir können ihm ein Geständnis entlocken.

Er sieht aus, als würde er sich gerade gegen die Innenseite seiner Backe beißen. Nun habe ich nicht mehr den geringsten Zweifel. Dieser Mann hat unser Opfer erschlagen, und das schlechte Gewissen ist ihm gerade wahrlich ins Gesicht geschrieben. Er senkt seinen Blick, und stößt angespannt den Atem aus.

„Dieser Mann hat alle nur beschissen und niemand konnte ihm was anhaben“, sagt Herr Gahr schließlich nach einer ganzen Weile des Schweigens.

„Und das hat Sie so wütend gemacht, dass Sie ihn umgebracht haben.“

Simones Aussage ist keine Frage, sondern vielmehr eine Feststellung. Auch meine Kollegen sind wohl mittlerweile überzeugt davon, dass dieser Mann der Mörder ist. Kein Wunder, die Schuld steht ihm gewissermaßen ins Gesicht geschrieben. Gerade jetzt sieht er uns mit einem schuldbewussten Ausdruck an. Doch dann plötzlich strafft er seine Schultern und reckt sein Kinn. Verschwunden ist das schlechte Gewissen in seiner Miene. Ich befürchte, er könnte nun nach einem Anwalt verlangen, und uns das Geständnis verwehren.

„Er musste aufgehalten werden“, sagt er dann endlich verbissen.

Innerlich atme ich erleichtert auf. Nun kommen wir scheinbar doch an das Geständnis.

„Wie haben Sie ihn zu der Kapelle gelockt?“, hake ich neugierig nach.

Er stößt einen zynischen Laut aus, der einem kurzen Auflachen ähnelt. Allerdings hat dies nichts mit Belustigung zu tun.

„Wie heißt es so schön. Mit Speck fängt man Mäuse und den Hanauer fängt man mit einem lukrativen Geschäft“, antwortet er. „Ich habe gesagt, dass ich ein gutes Geschäft für ihn hätte und wir uns bei der Kapelle treffen, damit ich ihm das Grundstück zeigen kann.“

„Aber Sie haben dort gar kein Grundstück?“, hake ich nach.

„Natürlich nicht. Aber das wusste er ja nicht.“

„Und warum ausgerechnet in Niederhaibach?“

Es ist mir ein Rätsel, warum Herr Gahr meinen Wohnort zum Tatort gemacht hat. Immerhin gibt es in Niederhaibach nichts Außergewöhnliches. Die meisten Menschen wissen noch nicht einmal, dass dieser Ort überhaupt existiert.

„Ich fahre gerne Fahrrad und da komme ich ab und an dort vorbei. Mein Großvater stammte dort ab. Außerdem dachte ich es wäre weit genug von meinem Wohnort weg, um mich nicht verdächtig zu machen."

Es war also einfach nur Zufall, dass Herr Hanauer in Niederhaibach den Tod fand. Und dann auch noch ausgerechnet an dem Tag, an dem Rosi mich zur Maiandacht geschleppt hat. Soviel Glück muss man doch erst einmal haben!

„Und warum der Grenzstein?"

„Ich fand es sehr passend", antwortet er schulterzuckend auf Hansis Frage. „Mir ist der abgebrochene Grenzstein in der Garage aufgefallen, als ich das Wohnmobil dort geparkt habe. So bin ich auf die Idee gekommen."

„Und dass Sie dadurch den Verdacht auf die Familie Taler gelenkt haben, machte Ihnen nichts aus?", frage ich vorwurfsvoll.

„Oder war es gar Ihre Absicht, die Tat der Familie anzuhängen?", hakt Simone misstrauisch nach.

Er zuckt die Schultern.

„Hätte doch fast funktioniert, wenn ich beim Klauen nicht gesehen worden wäre. Dabei dachte ich, es wäre niemand von den Talers daheim gewesen", murmelt er nachdenklich.

„Es war auch niemand daheim und Sie wurden auch nicht dabei gesehen", gebe ich schließlich zu.

„Dann haben Sie mich angelogen?“, fragt er entsetzt, als hätten wir die Straftat begangen und nicht er.

„Eine kleine Notlüge“, schmunzelt Hansi, dem der Verlauf des Gesprächs sichtlich gefällt.

„Sie haben mich also reingelegt“, stellt er trocken fest, ohne dabei eine Miene zu verziehen.

Ich habe beinahe den Eindruck, als wäre er stolz auf seine Tat. Zumindest wirkt er nicht so, als würde er den Mord bereuen, oder den Tod von Herrn Hanauer betrauern.

Nach einer Weile des nachdenklichen Schweigens, zuckt er mit der rechten Schulter.

„Zumindest kann er jetzt niemandem mehr etwas wegnehmen und dabei so tun, als wäre es absolut legal. Die Leute werden mir dankbar sein.“

Er hat also wirklich kein schlechtes Gewissen. Stattdessen tut er noch so, als wäre er der Held der Nation und hätte uns allen einen Gefallen getan.

„Sie sollten sich einen Anwalt nehmen“, schlägt Simone dem Mann nun vor, als wir ihn abführen.

Auf der Fahrt zurück ins Revier ist es ganz still im Auto. Zufrieden sehe ich aus dem Fenster und freue mich auf meinen wohlverdienten Feierabend. Den Rest überlassen wir nun dem Staatsanwalt und dem Richter.

ENDE

Impressum

Elisa Lark
c/o Werneburg Internet Marketing und Publikations-Service
Philipp-Kühner-Straße 2
99817 Eisenach

E-Mail: elisa-lark@freenet.de

Vielen Dank,

für den ehrlichen Erwerb meines Buches. Ich hoffe die Geschichte um den pensionierten Polizisten Karl Ramsauer hat dir gefallen.

Falls dem so ist, würde ich mich sehr freuen, wenn du dir die Zeit nehmen würdest eine Rezension zu schreiben.

Deine Elisa Lark

Glossar

Kanapee:	Sofa, Couch
Krautwickerl:	Kohlrouladen
Hamperer:	Nichtsnutz
lagg:	abgestanden
Diandl:	Mädchen
Schwammerlsuppe:	Pilzsuppe
Batz:	Dreck
Bissgurke:	anstrengende, nervige Frau
Preiß:	Menschen, die nicht bayrisch sprechen oder nicht aus Bayern kommen
Hallodri:	Weiberheld, hinter jedem Rock her
Sulze:	gebratenes kaltes Fleisch in saurem Gelee

Hundstage:	Tage, an dem es einem schlecht geht
Spezi:	Freund, Kumpel
Watterer:	Kartenspiel
ausschoffen:	Spielzug beim Kartenspiel (Watten)
Hagelstegga:	Gehstock

Wenn ihr wissen wollt, ob der Ramsauer weiterhin auf Verbrecherjagd geht, dann haltet die Augen nach seinem nächsten Fall offen. Infos und Neuigkeiten gibt's auf meiner Facebook-Seite.

Das Böse schläft nie …

In diesem Sinne, bis zum nächsten Mal!

Printed in Germany
by Amazon Distribution
GmbH, Leipzig

31489048R00080